召喚師物語
亞澈篇
鳥巢
NOVEL
ILLUST
RURU

林文

宅屬性的大學副教授，擅長召喚學。他很怕麻煩卻總碰上麻煩事，老是被自家惡魔女僕氣得跳腳。雖然看似是個沒有威嚴的召喚師，但其實他是人間界裡最強的「喚者」。

琳恩

惡魔女僕，林文的使魔。喜歡惡整林文，常挑釁他人後推說都是林文指使的。

亞澈

魔界中混亂之后希瓦娜的小兒子，被刻意隱藏的存在，卻被罪業會召喚到人間成為祭品。幸運的被林文和琳恩救下後，開始了他的人間學習之旅。

秘警署魔法工程學的第一把交椅，個性敢愛敢恨，見義勇為到偶爾胡作非為的地步。她深知靈竭症患者的痛苦，故對亞澈的「魔力」相當感興趣。

繼承淨世聖女名號的神族，林文的使魔。與惡魔女僕琳恩是死對頭，雙姝一見面就開打，讓林文總是遭受池魚之殃。

林文母親昔日的使魔，對林文有看顧之情的劍仙，喜歡遊歷人間。

CONTENTS

The summon is the salvation of the world

Preface 早秋的夢中初會

亞澈最近老是在做夢。

他夢見「他」在夏荷庭園中踱步漫行，舉目所見皆是幻境般的場景，桃紅的荷花散發出異樣的光暈，隨著夏意扭曲擺盪；紫灰色的天空宛若拂曉般的盪漾，一點一滴都在共鳴著——和「他」共鳴。

看著湖中倒影上模糊的一切，「他」知道……「他」在等著、待著、屏息盼望那來自遠方的信。

匆促的腳步聲自遠方落響。

「亞里斯皇，六界各主發出最後通牒。」

一名頭上頂著犄角的魔族從梁柱陰影中現身，單膝跪下行禮。

「知道了。」

他嘴角微微勾動。

在他語畢的同時，一陣貫穿心神的衝擊掠過全身，但他卻完全不為所動，只是背對著揮手示意那名衛士離去。

沒人注意到他——亞里斯——的身影在那一瞬間變得淡薄，也沒人注意到他的呼吸出現了幾秒的粗喘。

亞里斯仰望天際想著：時間沒剩多少了。

視野中漫天的繁星裡，其中有顆星光明顯閃耀動人，白燦的光芒甚至令周邊的星影為之失色，宛如明月、宛如白晝，如此璀璨奪目……但他很清楚，那是隕落前的迴光返照。

亞里斯身軀晃動，就在快要失去意識的時候，一雙纖纖秀手從死角扶住了他，隨之而來的清晰音色在空氣中蕩漾開來，讓聽者精神為之一振。

「主上……不妨讓屬下前去代勞吧。」一名頭頂漆黑鹿角的女子擔憂的低聲說著。她直至攙扶的當下，才發覺到亞里斯的身軀已經如此清瘦，宛如夏夜晚風就能颳走的重量，和她記憶中的亞里斯截然不同。

「不成，只剩最後一步了，我不能在最後功虧一簣。」亞里斯搖頭拒絕，他維持住僅懸一線的意識，臉色蒼白的說完。

「但……主上您的身體……」女子不安的將魔力嘗試灌注到亞里斯體內去，期待能緩解他的不適，但亞里斯卻強硬的把女子推開，完全不領情。

「夠了。」亞里斯眼底的浮光一閃而過。他看著女子，深深吸了一口氣，極力壓下湧上心頭的暴躁感。

如此勞心讓亞里斯原本的疲憊雪上加霜，但他的神情沒有任何鬆懈，他重新振作說道：「幫我上言靈欺瞞所有人，即便禁錮著我的力量也無所謂，我不能讓他們有看出破綻的可能。」

「但這樣您的狀況會更加凶險的，屬下——」女子遲疑的徬徨道。

亞里斯甩了甩手，打斷女子的言論，神情肅穆的叮嚀：「記住了，未來的混亂之后，這是我此生所贈與妳的最後一句話，『沒有千鈞一髮的成功，只有差之毫釐的失敗』。」

亞里斯眼中的堅決沒有半點猶疑，連帶著讓女子心中僅存的躊躇都被沖刷得一乾二淨。

「亞里斯，此時此刻，永澈不濁，其聲形無異於初。」

女子輕啟雙唇，聲音撼動庭院。然而，極其強大的言靈反噬隨即凶猛的反撲回來，那是下位者對上位者的愚蠢行為所要付出的代價！

女子無法忍住，腳步踉蹌的往後倒去。

只見一隻強而有力的巨手懷抱住了女子柔媚的腰圈，亞里斯五味雜陳的看著女子，神色轉眼間已恢復得一如往昔，死灰的膚色也轉紅潤澤起來，即便細眼瞧看也完全看不出半點病態。

「做得好——永澈不濁，短短四字道盡千言萬語。」亞里斯淡淡笑了，手指笨拙的拭去女子嘴角邊的血水。

「再見……不，永別了，魔界此後就由你們掌管。」

亞里斯闔起的雙眼在數秒後再次睜開，他大步邁行走出了庭院，沒有理會身後的那道目光，只是又仰望了一次穹頂。

「星星要殞落了。」

笑聲嘶啞的亞里斯，看起來有一種莫名的悲愴。

亞澈還想著要繼續看下去，卻在此刻醒了過來。

滿頭大汗的他，空洞的看向尚未天明的晝夜。

燠熱的早秋近似於夢境中的夏夜，但周遭的暑氣卻完全沁入不了他冰涼的身軀，那大概是因為夢中傳來的那股寒意久久揮散不去的關係吧。

※　※◆※　※

熟悉的研究情景，一樣是夜晚的明月高掛，一樣是頭髮黑白相間的學者被書海淹沒的畫面，但是學者臉上的神情卻從往常的幸福感被痛苦感取代了。

「100001……001 蝦米碗糕啦！」林文抱著腦袋痛苦的喊叫著。

看著林文皺著眉頭的模樣，一旁的琳恩端著茶點想放下來，卻發現完全沒有地方可以讓她放置，桌上散布著各種有關於網際網路的書籍，從粗淺的概論到精深的定理應用都有，琳恩興致勃勃的隨意翻開一頁……

「嗯……很好，果然完全看不懂，你研究這群鬼畫符的玩意有進展嗎？」

「什麼鬼畫符！說它是鬼畫符也太抬舉鬼畫符了！至少鬼畫符我都看得懂，天知道這些程式語言是什麼意思，當初設計這些網路程式的人就不能用些大家都懂的言語嗎？例如阿薩符文或著古篆文體之類的啊！」林文氣得高高舉起手中的書本就想要往下摔，但看著書背上所貼的圖書館條碼，忍了忍還是放下了。

「說實話，我覺得你說的那些文字一般人也都看不懂。」琳恩淺淺的笑了。

「那這些文字一般人就懂嗎！」林文哼了一聲。

——至少資工系或著電機系的一般人會懂？

琳恩是很想吐槽林文，但看著林文已經氣得七竅可以生煙的地方都生了，自己再反脣譏諷的話，會不會把他的腦袋氣到當機秀逗了？

「我以為你會比較願意以實踐的方式，去嘗試建立連結，沒想到你原來也是學理派的？」琳恩看著眼睛雖然鎖定在書本上，但瞳孔卻是一片荒涼的林文提問，畢竟喚者的血統是如此強悍，根本就可以一直嘗試到成功為止才是。

「怎麼嘗試？我可不想莫名又召喚出別的異界生物，多一分理解，就多一分想像的空間，這樣到時連結成功的機率就高上一分。」林文趴在書本上精明的推了推眼鏡。

「所以……你現在多了一分理解了嗎？」琳恩挑了單邊的眉毛壞笑道。

「我？」林文愣了愣，眼神瞬間飄忽開來，但琳恩的眼神絲毫沒有放過他的意思，他語氣懦弱的說：「現在大概有……零點零五分吧。」

琳恩聽到後只是聳了聳肩，輕拍林文的肩，遺憾的搖了搖頭，端起餐盤轉身離去，完全不理會在後頭大吼大叫的林文。

「什麼啦！給我一段時間，我大概可以懂的啦！對主人有點信心好不好啦……」

「看樣子距離計畫的成功還有很長得一段路呢。」琳恩呢喃著的看了眼窗外那早已通透無大結界的天空。

The summon is the salvation of the world

Chap.1 談判要在晚餐後？

時序隨著楓紅飄蕩，逐漸來到了深秋時節。

亞澈抬起頭仰望著四面八方的紅葉，這讓他回想起那天夕陽西下時的甦醒和覺醒體驗。

從那天起，很多事情都改變了。一想起那件事，亞澈不禁露出苦笑。

他看了一眼腳底下用幻術掩飾的魔法陣，依舊運行不墜。

亞澈早已從最初的驚奇轉為接受，他問遍眾人，都無人清楚那道魔法陣是基於什麼原理、由什麼組成的。他原本以為這只是彰顯身分的徽章，是華而不實的陣法，卻在之後的試驗中讓眾人大開眼界。

亞澈足下的魔法陣可以轉化萬物的情緒作為魔力，不光是生物，就連非生物的精靈、式神，他也都能轉化；除此之外，還能夠把所有他意識到的攻擊全數扭曲、彈開。

——根本是殺人越貨、居家旅行的必備保全。

亞澈想到這裡，不免無奈的乾笑了幾聲。

但這只是外人看得見的變化而已，看不見的就更多了。曾有一段時間，他真的嚴重懷疑自己是不是有了幻覺和幻聽……

至少亞澈從不知道人間的天空原來這麼滿目瘡痍，看起來隨時就像是要垮下來般，但當他將所見說出之時，卻發現由乃和林文雙眼滿是問號，完全無法理解他所要表達意思。

只有始終在一旁泡茶的琳恩心領神會的朝他勾了勾嘴角。

看著那抹微笑，亞澈就沒有繼續追問的意思了。

對他來說，反正……確定不是他產生了幻覺就好。亞澈聳了聳肩暗自想道。

至於幻聽，他搔搔頭，為難的試圖遮住耳朵。

就像亞澈想像的一樣……聲音完全沒有減少。

他自覺醒之後開始聽得見「某人的悲嘆」。沒有特定方向也沒有特定時間，他就是聽到了。

雖然因為聲音太過縹緲虛無而無法理解內容，但他很肯定他自始至終所聽到的發言者都是同一人。

一想起傳說中的魔皇亞里斯可能和現在的自己一樣，被莫名的聲音不斷騷擾，有時候亞澈會突然覺得，其實亞里斯也真的是很辛苦的。

正想得出神，一道聲音自一排排楓林後傳來打斷了他的思緒。

「亞澈！抱歉久等了。」

由乃頂著黑眼圈從楓林後方的銀白大樓中走了出來。

看了眼由乃疲憊的模樣，亞澈原先的思緒轉眼間拋諸腦後。

由乃黑眼圈深得彷彿上個世代流行過的煙燻妝，皮膚黯淡無光，在過於毒辣的秋陽下，她的狼狽表露無疑。

看著由乃的窘況，亞澈只能心疼又不滿的盯著她感嘆。

「小姐，妳還記得妳罹患靈竭症的這個事實嗎？」

「有、有什麼關係！反正拜你所賜，整個亞洲的儲靈庫都被你灌滿了，庫藏還夠用兩年有餘，難得可以體會熬夜這種經驗，怎麼能不嘗試看看！」注意到亞澈目光在自己面孔上的停駐和游移，由乃不滿的反駁著，但眼神卻飄離開來，完全不敢和亞澈四目相對。

——我的用意絕對不是讓妳這樣拿來折磨身體的！

亞澈差點就要把心聲大吼出來，最後忍了忍，還是按捺了下去。

從他甦醒之後，由乃進入了瘋狂的研究狂熱中。

如果不是林文還在研究室中埋首於學術研究，他一定會以為是林文靈魂出竅，附身到由乃身上去了。

「我說妳到底在忙碌些什麼……有什麼研究讓妳能夠這麼廢寢忘食？難道是儲靈水壩的開發案？」亞澈納悶的問道，隨意的瞥了眼她的隨身包包，看那包包變形的程度，不少縫線都裂了開來，不難想像那包包是多麼沉重，甩到人後果絕對不堪設想，大概是新時代暗殺武器的選擇吧……

亞澈伸手想要接過包包，卻看到由乃愣了愣，隨即把包包藏到身後他手碰不到的地方。

「這個……呵呵，只能說研究熱誠是種傳染病，而我終於感染成功了？」由乃乾笑了幾聲，將敞開的包包拉鍊艱辛的拉攏起來。

……完全是睜眼說瞎話。亞澈白了她幾眼，如果是以前的自己大概會跳上前去跟由乃爭論，但現在嘛，也就隨她了。

亞澈不得不承認，在夢魘製造的夢境中，他的心境確實有所蛻變，無論好與壞。但將夢境全數記住對精神壓力有多大，亞澈也體驗到了，也難怪人類的潛意識會試圖忘卻夢境，真真正正留下記憶的不過是數千夢境中的鳳毛麟角。

但也許就是因為夢中的體驗而潛移默化，人類才能在無形中建立起獨步六界的綺麗的強悍精神。亞澈思考著。

「總之先去吃飯吧。」由乃獻寶似的從口袋中抽出兩張皺巴巴的優惠券，「這家店可是很難預約的！」

亞澈默默點頭，拉著由乃的手，兩人漫步在楓林大道間，屬於他們輕快的笑聲隨風繚繞在楓舞之間。

※　※◆※　※

蒼凌大學的研究室內，林文坐在牛皮旋轉椅上雙眼發直的望著天花板發愣，左手邊是網際網路系列書籍，右手邊是召喚學系列書籍，被科學和神秘所包夾的林文像是虛脫般的一動也不動，而站在一旁的琳恩趣味盎然的笑個不停。

琳恩的笑聲都還沒歇息，研究室的門扉傳來了敲門聲。林文絕望的看了眼門扉，逃避似的拿起椅背上的抱枕壓在腦袋上，將雙耳緊緊蓋住。

「跟他說我不在，如果要屍體就說海葬了，要靈魂就說升天了！」林文自暴自棄的喊著。

琳恩見狀壞笑了幾聲，慢條斯理的走到門側，和門外的人交談了數句後，對方的腳步聲再度響起，門縫下的黑影消失。

「妳跟他說了些什麼？」林文不安的吞了吞口水，如此輕易的就打發來客，有這麼簡單嗎？對方有這麼容易死心？

「我說……主人死了，但可能過半小時後就會復活了，想親眼目睹神蹟的話請提早預約。」琳恩掩嘴竊笑著。

「……幸好他沒有說要進來鞭屍。」無力的頹下雙肩，林文只能沉重的這樣安慰著自己。

「怎麼會？你現在可是大紅人耶，魔界未來至尊的恩人，他們巴不得可以奉你為嘉賓的說～」琳恩打趣的說道。她看了眼研究室內堆得滿滿的伴手禮，整座研究室莫名其妙的都快可以改行當禮品店了。

「幹！他們也只敢挑亞澈不在時過來！」林文氣憤的把手中的抱枕摔到地上。

是的，沒錯。林文莫名其妙的就從魔界頭號公敵，成為了魔界第一紅人！

這個由黑翻紅的速度，只能說沒有最快只有更快，如果他是支股票的話，投資人現在大概都躺在錢幣中游泳了！

只是這帶來了一個詭譎的現象，就是只要亞澈前腳才剛離開研究室，後腳他的研究室門檻就快要被來訪者踏平了。這些訪客都是魔界各大國的使節，拜訪的同時所贈與的各種魔界伴手禮，讓他只能愕然以對，完全無法理解這些使節的腦袋裡裝些什麼。

例如說「阻靈草」……大概是從契爾瓦公司那裡聽來過曾經的需求吧。

《惡魔女僕調教手冊》……他的無能是已經傳遍魔界了？

《諾倫鎮旅遊招待》……他雙眼充斥問號，完全看不懂這東西的用處是什麼。

「諾倫鎮是觀光景點？」他好奇的翻了翻招待券，對方還很貼心的附贈旅遊飛龍坐騎運送。

「是啊。」琳恩愣了一下，詫異的緩緩點下頭。

「特產是什麼？」林文有興趣了，能夠去魔界旅遊，外加當回飛龍騎士，放眼人間大概也只有他有機會吧。

「紅燈區。」琳恩清了清喉嚨，詭笑的盯著林文。

林文下顎微張著傻眼幾秒鐘後，頓時將整疊旅遊券怒摔出去，「幹！我要控告契爾瓦違反個資保護法啦！我的消費者權益咧！」

滿天的旅遊券像是雪片般飄落，卻完全沒能遮住他那氣到發紅的臉色。

「所以他們的訴求是什麼？」琳恩努力憋笑著，把地上散亂的紙券一一拾起。

「還不都一樣？希望亞澈回去魔界當第二任亞里斯皇！」攤了攤手，林文沒好氣的說：「奇怪……人人都要我轉達，是怎樣？看到亞澈就自動喪失語言能力了？魔族的腦袋果然是裝飾用的。」

琳恩挑了挑眉，沒有多說些什麼。

她完全不想戳破亞澈營造的假象，只能說魔族使節不是沒有找過亞澈，而是亞澈根本連談的機會都沒有給過對方。那群使節們大概靠近亞澈的第一步就被魔威嚇到腿軟，第二步全身冷汗直流，走到第三步……無一尿失禁。

唯一情況好一點的時候，是芽翼現身。

那時，她遠遠的看著亞澈和芽翼的溝通，亞澈收斂了一直彰顯的魔威，在短短交談之中，亞澈在一瞬間張大了雙瞳，但隨即又回復成一臉平靜無波的神情，兩人點了點頭互相確認過後，就分道揚鑣了。

望著亞澈逐漸靠近的身影，琳恩也毫不掩飾身影的倚在牆邊。

「芽翼的口信是？」琳恩好奇的挑眉。

「他只是轉告母后的話語，只有說四個字『隨心所欲』。」亞澈淡淡的嘴角微彎，越是在夢境中重複看著母后和芽翼的付出，他就越清楚，如果要論魔界真正可以相信的人，大概只剩下他們兩位。

「我真的對你母親另眼相待了。」琳恩讚嘆的輕拍著掌，眼裡伏光晃蕩，「那你的想法呢？其他魔族不可能沒有對你說出事實和真相吧？」

亞澈沒有回話，只是原先明亮的雙眸黯了黯，隨之露出一抹微笑。

看著那抹微笑，琳恩沒有繼續追問下去，她想那是排山倒海的無奈。

「所以魔族到底在打什麼算盤？」林文一臉迷惑的說著。

林文很清楚，魔族對有人能夠繼承亞里斯手上的「王的誓典」感到非常興奮，但問題是亞斯里都不知道失蹤多久了，「王的誓典」的下落先不說，都到這個地步了，還有必要去找尋繼承者嗎？

他沒辦法理解，完全無法。

「我也很好奇他們怎麼會如此急切，活像是他們知道『王的誓典』在哪裡似的。」琳恩輕抿著脣頷首。

「怎麼？我以為妳會清楚亞里斯的下落……連身為『觀測者』的妳也不知道嗎？」林文引頸盯著琳恩，期待能從惡魔女僕那邊聽到什麼更驚爆的內幕。

但這次琳恩卻讓林文失望了，她爽快的直接搖頭否認。

「很抱歉，我只負責『列傳』的部分，所以我才會知曉諸如喚者家族的事情；至於所透露的小道消息，也不過只是撰寫過程中的道聽塗說罷了。」琳恩聳聳肩，繼續說了下去：「如果我能回去的話，我會記得幫你問看看負責『帝王本記』的撰寫者。」

看著林文有聽沒懂的模樣，琳恩聳肩表示無奈。

「觀測者」對於六界來說，實在是太陌生的存在，他們的名號就算是王族典籍中也幾乎沒有記載；就算有，也不是用觀測者的名諱，更多的是冠以賢者、先知之類的稱呼。

這不能怪六界的典籍簡陋，實在是因為觀測者跟六界之間根本毫無關係。他們只是記錄著六界的歷史，如果要比擬的話，就像個拿著太空望遠鏡的觀星者，記述著星體的變化。星星又怎會知道有人在觀望著它們？

觀測者的使命就是把六界的盛與衰一筆一劃刻落在書冊中，有些人負責能人異士的「列傳」，有些人負責諸王帝后的「本記」，他們記錄著影響歷史和世界的關鍵人物，帶著些許的感慨，遙望著命運的造化和弄人，然後繼續無情的記錄。

一切理應如此才是。

但琳恩卻跳脫了在旁觀望的角色，從觀眾席躍上舞臺成為了演員；她放棄了撰寫列傳的使命，跑來人間當個惡魔女僕。

琳恩用手指捲了捲髮尾，勾動了嘴角。命運此刻一定是咧著嘴在嘲笑她吧？但……誰笑誰還不一定呢！

「……妳如果能夠這麼輕易就回去的話，那就好了。」林文輕嘆了口氣，眼神轉而放空飄向窗外，「亞里斯的下落嗎……那大概要找柯南或者金田一才有辦法得知了。」

「那如果我說，我們確實知曉亞里斯的下落的話呢？」

冷不防有個聲音從窗外傳了進來，那是一道不疾不徐緩緩冒出的女性聲音，伴隨著她的腳步，女性彷彿幽靈般不受物質限制，直接跨步踏入研究室，一點也不給林文他們任何拒絕的機會。

「……妳是？」

林文怔怔的看著眼前的女性，一頭長直的紫黑色秀髮，有如綢緞般的光澤閃動；小巧麗緻的臉頰讓人看得目不轉睛，重點是舉手投足間所散發的氛圍，讓人只能屏住呼吸不敢輕舉妄動。若要用一句話來概括的話，大概就是比女王還要女王！

那位女性雙眼微瞇的微笑說道：「吾……不，我名喚希瓦娜，是亞澈的母親，小犬深受兩位照顧了。」

林文和琳恩兩人面面相覷，眼前的這位女性就是亞澈的母親？

琳恩往地上看了一眼，隨即了悟的點了點頭。

「原來如此……是虛像。」

林文這才注意到，希瓦娜的腳邊沒有影子，但儘管只是虛像，卻完全不妨礙她本身所流露出的威懾力。

和亞澈的平易近人截然不同，希瓦娜的一言一行都毫無疑問散發著王者的權威和氣勢，無怪乎混亂之國在魔界是數一數二的大國，光是虛像的震懾力就如此嚇人，很難想像本尊的風采會是如何驚心動魄。

「在人間大結界快崩潰的現在，我的親臨顯然不是個理想的選擇，所以還請體諒我用如此虛假的姿態出現在兩位面前。」希瓦娜彎下了腰行禮，完全沒有擺出魔后的架子來。

「不會、不會。」林文連忙揮了揮手，他吞了吞口水，「說起來，是我們沒照顧好亞澈，應該是要我們上門謝罪才是。」

希瓦娜露出淡笑。

看著她的微笑，林文有種似曾相識的感覺，想了一會兒他才了解到，可能是因為亞澈的微笑中或多或少也有著希瓦娜的影子緣故吧？那是種靦腆內斂的笑法，帶得出笑意，卻又保持著尊重的距離。

「妳說魔界知道亞里斯的下落是指？」完全沒有理會兩人之間的客套，琳恩就這樣直指核心的問出。

「這個……就說來話長了。」希瓦娜的翡翠雙眸雪亮圓睜，像不在意琳恩的唐突，她只是十指交錯的看著微涼的天空，沉默了許久，才緩緩開口。

※　※◆※　※

擁擠的人龍將這間涮涮鍋店圍了個水洩不通，明明天氣還未寒冷，但秋季的氛圍早已勾出了這座島國人民享用火鍋的衝動。

坐在座位上，亞澈看著玻璃窗外頭正興高采烈討論著涮涮鍋的人龍，他突然有一種自己來到動物園的感覺。

——只是擔任的絕對不是遊客的角色就對了。

他和窗外的排隊人龍對上了眼，連忙尷尬的別過頭去。

「這間店我排了好幾個月才排到的。」由乃看了看菜單，口水都快流了下來，她的雙眼久違的冒出充滿戰意的火花，「總之盡量點，絕對不要留下任何遺憾！」

——為什麼吃頓飯可以搞得跟作戰沒有兩樣？這樣難道不會影響消化嗎？

亞澈一邊在心中感慨，一邊大開眼界的看著由乃幾乎把所有配料都叫上了一遍，完全沒有要手軟的意思。

「等等！先讓我確定一下，妳該不會要告訴我其實妳的胃是通往四次元空間吧？」他看著服務生手上的點餐表密密麻麻的記錄餐點數量，光看就要飽了！

「放心！正餐的胃和點心的胃是分開的，所以我的點心要——」由乃燦笑的繼續將頭埋回菜單之中，完全沒被影響。

「人類真是太強悍了……」亞澈只能雙眼張大的讚嘆道。

不一會兒的工夫，菜就全上來了。看著由乃大快朵頤的模樣，亞澈只能感受到一陣胃痛，他想著還沒上桌的點心，臉一陣青一陣白。

「你不吃嗎？很好吃耶！」由乃口齒不清的說著。

亞澈連忙喝了兩口湯，藉口要去洗手間起來活動活動，奢望能夠因此增加點胃部空間來應付那看不到盡頭的饗宴。

走到洗手間，亞澈雙眼的眼皮突然抽動了一下，他神情複雜的推開木紋大門，嘎嘰的門軸轉動聲伴隨一股淡淡的薰衣草花香撲鼻而來，看著裝飾華麗的鏡子和黑大理石洗手檯，不容否認這間店的裝潢確實是五星級的。

但重點不是裝潢等級……

「我不知道，罪業會原來還涉獵餐飲業啊。」亞澈雙手撐著洗手檯對著鏡子開口，彷彿和鏡中的自己對談般。

「喀噠」一聲，洗手間的門扉突然自動上鎖，鏡子中央宛如被石子驚擾的湖面，泛起圈圈漣漪。

亞澈猶疑了一瞬，伸手輕觸鏡面，冰涼的觸感順著指尖擴散，白色的光弧逐漸盈滿鏡面，轉眼間，他已經穿越到鏡中。

一道聲音從正前方傳了過來：「我以為你會更小心翼翼，不敢輕易涉險的。」李雲吹了聲口哨，坐在洗手檯上輕鬆寫意的鼓起掌，神情就像初次與亞澈見面那般，沒有任何的懼怕或者顧忌。

「因為你沒有殺意，也沒有敵意。況且……我不是公眾人物，一點也不想體會被狗仔跟拍的感覺。」亞澈冷言冷語的說著。

自從亞澈甦醒過後，他一直覺得自己被某道目光跟隨著，而且經由感覺那目光傳來的魔力，他很肯定目光的主人並非魔族，但他所知的也僅止於此。對方的身分隱匿得很好，亞澈只能苦無對策的「享受」著像大明星般被狗仔跟拍的感覺。事實上，如果向林文他們提看看的話，或許能實質解決問題。

但……他實在是不想再給林文他們添更多的麻煩了。

所以亞澈始終在等待著，而就在剛剛當他把洗手間的門扉合攏時，他清楚的感受到鏡中傳來了監看的視線。

既然對方毫不隱藏的提出邀約，如果藉著接觸可以把這種狗仔行徑結束的話，當然是一件好事。不行的話，若能夠弄清楚狗仔的目標，那也算不上什麼損失。

左思右想的結果，亞澈決定接受對方的邀約，走進鏡中。如今感受到對方的情緒中沒有半分的敵意，他也就收起備戰狀態和對方交談起來。

「有什麼事情，需要來到這裡講嗎？我以為我們之間已經沒有什麼話好說的。」亞澈一邊緩緩說道，一邊張望著四周。

眼前所有的一切都和現實相反，左邊的門、左邊的便斗、右邊的鮮花……這些和現實位置相對的布置，顯示出此處毫無疑問是鏡中世界。

「那是你以為。別緊張……雖然這裡看似異空間，但其實只是一種精神領域……有點類似於夢土，這麼說你應該就懂了吧？」李雲跳下了洗手檯，手指順著牆上的磁磚滑動，那些磁磚隨著指尖而晃動扭曲又平復。

「有些事情我想跟你討論，就你和我兩個人；可是干擾的因素實在太多了，就好比現在，你的女伴也完全沒有把精神移離開你身上。」

李雲攤了攤手，「既然沒有機會，那就只能創造機會。所以我嘗試著對你的精神提出邀約，而你竟然也同意了，這一點真是我的榮幸。」

「所以你的意思是此刻現實中的我，正在對著鏡子發呆？」亞澈皺了皺眉。

「不會有事的，這裡的時間是現實的百分之一，最多最多旁人只會認定你有些自戀罷了。」李雲敲了敲手腕上的錶，可以看得出來錶上的秒針幾乎靜止不動。

「這還真是感謝。」亞澈沒好氣的說著。

李雲為難的淡笑道：「聽說你之前救了我們支部的人？」

「別扯開話題了，我不會相信你是為了那件事情搞出這麼大的陣仗的。」亞澈挑了一邊的眉毛，他的精神早已不是那位剛來人間的天真少年。

「當然，我也只是以這件事情做一個開頭。」李雲的頭歪斜著，繼續說：「你是個好人，亞澈。以魔族來說，你非常的溫和友善，在罪業會記錄中很少王族是如此心性。」

「如果你只是想要恭維我，順便分享你們的殺人記錄，那會面現在就可以結束了。」亞澈目光凌厲的射過去。

「有耐心點，少年……耐心可是種美德，雖然現在不流行就是了。」李雲揮了揮手，輕笑了幾聲，話語繼續接了下去，「所以當你掙脫了『王的誓典』之後，你心中的驚訝，應該遠勝於我們這些旁觀者吧？」

「為什麼連你們都知道『王的誓典』這件事情？」亞澈愣了愣，這些天來魔族早就跟他說清楚有關於「王的誓典」的事情，但是他一直以為那是魔界王族間的不傳之秘。對於能夠從罪業會的嘴裡聽到這四個字，他的背脊一陣毛骨悚然，寒意隨著汗珠冷遍了全身。

「呵呵，關於『王的誓典』……有可能我們所知道的內幕，比你們魔族還要更多喔。」李雲晃著食指，嘖嘖出聲。

「你如果撒謊的話，你的情緒會透露出來的，你知道嗎？」亞澈神情冷冽的指了指腳邊運轉不止的魔法陣，五色的彩光即便在精神空間中也沒有失去效果。只是，拿來掩飾魔法陣的幻術只針對肉體詐欺，在這裡顯然就完全失效了。

「當然，接下來的話語，我保證……句句屬實。」李雲神情間的愉悅轉眼收拾得一乾二淨，平靜的雙眸倒映出亞澈的身影，透出他的誠摯。

「造物主在創造六界之初，頒給了各界王者『王的誓典』，用以統治諸界的民眾，至於那是造物主的立意良善還是惡作劇……現在誰也不清楚了。」

李雲和希瓦娜的聲音重疊在一起。

在完全不同的地點，不同的意志卻在同一個的時間點，說出完全相同的言論。

兩人眼底有著共同的悲哀，越是深知世界的始初，他們就越是感嘆世界命運的多舛。

六界雖然看似繁雜，其實卻有著諸般巧合，越追本溯源就越令人無言以對。

以人間作為起始點，人間宛如一座花托，其餘五界則像是花瓣般依附在人間旁，所以人間既是基礎，也是核心；但不知道是否因為如此，人間的生物脆弱得令其他五界啼笑皆非。

人間時常陷入內亂，擅長同族相殘的地步對其他五界而言簡直愚蠢至極，儘管各界都曾陷入爭鬥，但完全沒辦法跟人間的程度相提並論。人間這種內亂鬥完換戰外敵，外敵戰完換鬥自家，時不時還穿插著各種天災異變……本身的壽命已經短到一種令人髮指的程度，卻還將生命虛擲於這種無謂的鬥爭上。

不僅如此，重點是連後代子孫也無法吸取教訓，一再重演著相同的劇情……簡直是齣永不謝幕的鬧劇。

這樣的人間要說被奴役也是活該！

但就是因為人間處於中心點，所以各界彼此相互牽制，時間一久竟然誰也沒有占領成功。

不知該說是造物主保佑還是怎樣，各界勢力對此僅是冷笑攤手。反正剩下來也只是時間長短的問題，人間終究會淪落到其他各界的手中——所有人都是這樣認為的，但就在這之後，他們才終於體會到造物主的巧思。

歷史的長河不止，光陰的歲月殘破，已經沒有人記得起是哪一界先開始的了。起初的王族血統隨著歲月的腳步，終究只會朝向平凡無奇邁進，這是所有人都深知的事情，畢竟身懷王族血統的人就那樣多人，總不可能讓所有的王族不停近親交配，別說基因畸形突變，光是戀愛自由也是無法擋的事情。

所以在血統不斷淡薄的情況下，繼承「王的誓典」的能力自然也不斷的被削弱。終於，某一界發生了沒有繼承人的狀態——精確來說，應該是指沒有人可以繼承「王的誓典」的窘況。

說是「繼承」卻也太言重了。畢竟「王的誓典」只是一塊灰色古樸的石板，上面蝕刻著不屬於六界語言系統的神秘文字，誰也無法解讀。

而所謂的「繼承儀式」也不過是繼任者從上一代王者手中接手過石板，近似於人間西方的加冕等象徵性儀式。

若血緣中的力量能被「王的誓典」所承認，那其上面所蝕刻的神秘文字就會散發出點點光暈，從黝黑的石板中浮現出字跡來；反之，則沒有任何回應，什麼都不會發生。

但不論神秘文字浮現或者消退，說實話，對當時的各界居民而言，根本沒有什麼意義存在，「王的誓典」的意義早已沒有任何人知道，幾乎所有人都只把這塊黝黑石板當作某種上古流傳下來的見證，作為象徵性的道具罷了。

所以當某界的繼任者只是「象徵性」的接手石板過去時，沒有任何人注意到有異狀產生，最多不過是石板上的神秘文字由原先的明亮逐漸轉趨暗淡，除此之外什麼都沒改變，既沒有什麼天變地異，也沒有什麼不祥徵兆，所有可以看到的一切都一如往昔。

但他們不知道，那不可窺見的人心已隨著石板光輝的暗淡而扭曲了。

戰爭開始了——那是足以顛覆以「界」為層級的戰火。

儘管在那場「戰爭」前，各界也曾爆發戰爭，但都是對等身分、有理可循的宣戰：王對王、國對國、人對人……

可是這場戰爭卻讓所有人瞠目結舌。

內鬥、混亂、屠戮……無法想像的事態一再爆發，比人間更為悽慘的是，群體理智的喪失、野性的崛起，造成的大混戰讓該界崩潰了；人口數縮短到十分之一，文明後退了至少五百年。更為悲慘的是，沒有太多人聯想得到問題的根源竟是「王的誓典」……

所以，當某界的悲劇在另一界再度上演時，情況只有更加淒慘。直到這時才有人驚覺「王的誓典」的重要性，發覺到那是維繫所有人理智的依據，但既然如此……沒有王的人間是怎麼維持住理性的？

當所有人都把目光聚焦在人間時，他們才詫異——人間沒有王！

早在上古洪荒時期、妖族占據大地時，人類就已體會到相較於各界生物，他們有多麼脆弱；就算人間妖異精怪也能夠讓人類無法招架，城池一夕間被殺成廢墟的慘況比比皆是，如果選擇了以血脈作為傳承的「王的誓典」來引領人間走在秩序上，誰都無法保證人間之王的血脈不會一夕之間覆滅。

於是他們放棄了「人王」，拒絕了「王的誓典」。

當造物主詫異的看著那群太過脆弱的生命體，敬畏顫抖的把那塊古樸的石板送回時，祂打量著這群在祂設定裡最脆弱的生命體，帶著笑意收回「王的誓典」，拋下了一句當時所有人都聽不懂的話語：「也許……你們才是最為強悍的存在。」

當時包含人間在內的六界之民都認為造物主在開玩笑，但直到各界大難臨頭，他們才了解到造物主的笑容意義何在。

人間根本不依賴「王的誓典」而活！

也因為如此，人類換來了精神上的自由。

所以一些在各界王者眼中可笑的舉動頻頻上演，諸如仇殺，因為他們不被誓典所規範；又或者謀奪篡位，因為他們根本沒有禁止這種下逆上的叛逆思想。

人類的一生極其短暫，但他們從出生時就不斷和自己心中的野獸作戰，學習禮法遵守規範，所以他們成功的控制住了野性，那是完全不依賴誓典，屬於人類自己的勝利。

就是在體悟的這一瞬間，各界王者靜默了，如果時間往回倒退一百年的話，只要有時間，或許他們也能夠建立出類似人間的社會型態，但現在……他們最缺乏的就是時間。

不知道是巧合還是詭計，各界王者膝下缺少繼承人的時間點竟然意外的吻合，他們用盡了各種方式，最後六界中的兩界還是崩毀了……

講到這裡，李雲扳數著手指頭，露出微笑的說：「現在你應該知道是哪一界還擁有『王的誓典』了。」

「魔界。」

亞澈沉默了幾秒才回應了，其實魔族也有跟他說過關於「王的誓典」的重要性，但他不曾想過會嚴重到這種地步。

「別說我誇大了，曾經赤裸裸的被野性支配的你，應該不難想像現存六億人口的魔界全體喪失理智的話會怎麼樣。」李雲一臉平靜無波，高達六億人的魔族陷入狂暴的動亂，那無疑是惡夢，是罪業會他們一直致力避免的場景。

※　※◆※　※

另一邊，林文和琳恩就這樣望著希瓦娜述說著歷史。

除了她那繚繞不散的故事，偌大的研究室裡頭沒有任何多餘的雜音，在魔后之前敢沒人出聲與其爭豔。

「所以亞里斯找到繼承人，來繼承『王的誓典』？」林文輕抿著嘴，苦思一會兒後才說道。

「其實最初的設想是我們的先祖，也就是魔界初代的五王二后。亞里斯將自己的親戚中能力最出類拔萃的人集合起來，因為繼承了他的血脈，所以他思考過聚集的七位先祖能不能繼承誓典……」希瓦娜苦澀的低語著。

「但這方法失敗了對吧？所以你們只能殷殷切切的期盼著亞澈的回歸。」琳恩嗤笑幾聲，這方法若能成功的話，他們現在就不會急著找亞澈回去了，而應該是巴不得亞澈定居人間永遠不回去才對。

「不是『我們』，至少我並不希望那孩子回去。你們能夠想像將魔界的存亡放在一個人的身上……這種人生有多麼可笑嗎？」希瓦娜挑了挑眉，直言否認。她的神情難得露出衰老的姿態，愁苦和懊悔在面容上交織成一張網，讓她的神色蒙上一層黯淡。

「我生下亞澈，不是為了讓他承擔這種宿命。我永遠都記得他還在我肚子裡的每個夜晚，我是多麼期盼著他的歡笑與愉悅，但在他一出生之際，我就知道這些期望都落空了。」

希瓦娜無奈的搖搖頭。她的面容此刻宛如由悲憫與感嘆所鐫刻雕琢而成，也許只有在談論到亞澈的時候，她才能捨下那身為后者的裝扮，露出單純的母親樣貌。

「即便如此，我也不想把那孩子逼上這條路。」

「那亞里斯所用的方法是什麼？」林文沉重的提問，「如果那方法在之前可行的話，也許現在我們只要再嘗試一次就能讓亞澈擺脫這種可悲的宿命。」

希瓦娜咬了咬下脣，聲音顫抖的說著——

「他的方法……已經宣告失敗了。」

※　※◆※　※

時尚華麗的洗手間中，李雲就這樣坐在洗手檯上，看著神情複雜錯綜的亞澈，露出一抹淺笑。

「經歷過夢境才控制住野性的你，千萬不要跟我說魔界人人天賦異稟，即便失去『王的誓典』，他們也還是奉公守法的好公民這種會笑掉我大牙的話。」

「但是亞里斯不是成功的讓『王的誓典』的影響力持續到現在嗎？」亞澈呢喃道，他的雙眼緊盯著李雲不放，卻全然不知臉上的神情早已陷入一派的擔憂中。

「對……這就是我要跟你說的事情，也是我們罪業會成立的宗旨。」李雲聽著亞澈的話語，漾出了笑意。他所期盼的重點終於到來了。

「關於亞里斯的故事，在魔界應該是耳熟能詳的睡前故事了吧？亞里斯設下圈套，讓魔族在人間合法肆虐，造成各界裂痕加深，原本就重傷未癒的四界根本承受不住這種雪上加霜的結果，所以他們只能選擇妥協。」

「四界之主在不甘不願的情況下聯手，也就是神界、夢土、仙界、冥界的繼任者，在人間建立了一道封印和一道結界。」

相處不同空間的李雲和希瓦娜的聲音再度不謀而合，兩人的眼底都是同樣的感慨萬千。

「你的意思是……魔界之皇亞里斯故意放任魔族造成邊界裂痕的舉動，實際上是為了讓諸王共同協力封印他？」亞澈跳了起來，宛如聽到的是全天下最不可置信的事。

「是的。他讓諸王選擇，看是要封印亞里斯、在人間設立結界，以將異族永遠放逐出人間的方式，讓各界裂痕隨著光陰自我修復……啊，這就和召喚失敗後的次元破裂的修復過程很像。」

李雲摸了摸胸前的會徽，感嘆的繼續說下去：「或是等著亞里斯死亡後，王的誓典失去效力的當下，發狂的魔族將會順著殘破不堪的邊界入侵，到時六界就可能真的覆滅了。」

「所以……他封印了自己……亞里斯是自願被封印的？！」亞澈不可置信的喊出口。

「是的，他的力量強悍到只有各界諸王聯手才能封印得住，藉由封印來凍結亞里斯的壽命。只要持有者還活著，『王的誓典』的功用就不會消失，魔界就可以不必面對失去理性造成的慘況。」李雲說到這裡忘情的拍起掌，不是諷刺，而是對於一位為了自己的領民而鞠躬盡瘁的王者，這是該獻上的敬意。

「既然被封印的話，為什麼還需要我繼位？」亞澈馬上就發覺到話語裡的矛盾點，雙眼凝重的追問。

「那當然是因為……人間人口爆炸了。」李雲大笑出聲，笑聲中的無可奈何表露無疑，「亞里斯跟你一樣，人間的情緒都可以轉化為他的魔力。既然魔力不斷高漲，封印必然會崩壞。所以當初設立結界時，亞里斯做了一個決定。」

看著亞澈焦躁的模樣，李雲彷彿很享受的放緩了聲調，「他自願將自己的魔力用來鞏固人間設立的結界，人間的神秘結界——將所有異界生物遣返的人間大結界，統統都是由他的魔力所供應運行的，維持這樣擴及全世界的結界，根本不可能讓亞里斯留存一滴半點的魔力，但是……人類真的是各種意義上的強大。」

「隨著醫療科技進步，人類莫名的突破了一百億人口，這遠遠是當初的亞里斯所猜想不到的。別說亞里斯猜想不到，扣除人間，各界人口可從來沒有突破十億過。」

李雲嘴角勾動著，繼續說了下去：「除此之外，隨著資訊和娛樂的進展，人類情緒的多樣性也遠勝過之前，這些情緒轉換成充沛的魔力，在亞里斯維持了人間大結界後，竟然還有殘餘……就這麼一點一滴的攢存了下來，封印也就這樣被一點一滴的魔力逐漸破壞。」

「所以……亞里斯的封印快要潰堤了。」亞澈喃喃道。

「不對喔，照理來說早就瓦解潰散了。」李雲冷笑了一聲，眼底的森寒和冰冷蠢蠢欲動，「之所以可以支持到現在，都是因為我們拿魔界王族的靈魂獻祭的關係，藉此一點一點的加固著結界，但這是飲鴆止渴。只要人間人口數不減，封印只會越來越脆弱。」

「所以你們弄髒了自己的手就為——」亞澈張大雙眼往後退了幾步。

「就為了讓亞里斯永遠被封印。為了這個目的，我們被唾棄、被辱罵，甚至犧牲靈魂也在所不辭。」李雲驕傲的挺起胸膛，語氣狠毒的批判著，「如果在數百年前亞里斯就死去的話，魔族的內鬥或許會擴及六界，但那時不過一億多人口的魔族，現在……超過六億發狂的魔族，你能想像那是什麼光景嗎？」

亞澈的口水乾在喉頭，語言哽在心頭，完全說不出話。

答案當然是毀滅——放眼六界沒人可以抵擋的毀滅浪潮！等到發狂的魔族學會控制野性時，六界早就被毀到不能再殘破的地步了。

「所以我們需要你的靈魂，亞澈。」李雲深吸口氣，雙眼筆直的望著亞澈，彷彿能洞穿他的靈魂般的注視、凝視、刻視，「這是為了魔界，也是為了人間，我們都需要個犧牲者。」

「我會深思熟慮的。」亞澈的臉色灰暗頷首。

兩人的交談告一段落，就在這時，兩個人心有靈犀的同時轉頭看向洗手間的那面銀鏡，李雲泛出笑意的擺了擺手。

「看樣子，你的女伴起疑了，還是快點回去吧。至於我們對話的內容，還請你當作是我們之間的秘密。」李雲神秘的眨動著眼。

隨著語畢，下一刻空間碎裂，刺眼的光扎入眼中。亞澈再睜開眼之時，他已經回到了現實當中，陣陣沉重的敲門聲響起。

「亞澈，你拉肚子嗎？」由乃擔憂的敲著門。

望了眼門，亞澈的手背在感應水龍頭前晃動，看著白色氣泡充斥的水柱，他拍拍臉頰將雜念隨著水流逝去。抬頭看了眼鏡中僵硬的面容，他用手指撐了撐嘴角，悄然無聲的嘆了口氣。

「沒事，只是剛剛失神了一下。」亞澈推開了門，從他的表情上完全沒有看出任何異狀，他輕笑著摟著不安的由乃，「走吧，我肚子都餓慘了。」

「喔、喔……好。」由乃愣了一下，連忙點頭附和。

從鏡中窺探著亞澈等人的李雲，手劃過了銀鏡，原先高貴裝潢的洗手間轉眼成了會議桌，李雲就這樣看著環坐在會議桌旁的諸位，輕輕行了禮便開口道：「種子已然播下，接下來就等收成了。」

「辛苦了。」李末謁頷首，探了眼手邊的報紙——那上面盡是扭曲陌生的字體，和人間的任何文字都搭不上邊，獨立超然於普通人的認知外。

「魔界有什麼消息傳出嗎？」李雲好奇的低問著。

所有人都轉過頭盯著大祭司。

李末謁彎了彎嘴角，含笑未語的將報紙扔甩了出去。

異界的文字完全沒有阻礙眾人的閱讀，看著橫跨雙版面的標體，所有人的臉色都微微轉變。

「做好準備吧。」李末謁雙手合掌沉吟，「不論是什麼選擇，這都是罪業會的最後一仗。」

「是的，大祭司！」所有人異口同聲的喊道，眼中的執著不容置疑。

※

※◆※

※

蒼凌大學的研究室內，小茶几上的杯中熱茶早已冷去，空氣中飄著茶香的餘韻。望向剛剛希瓦娜還身處的位置，如今早已空無一人，桌子上刻劃著一幅詭異的魔法陣，林文和琳恩看著彼此，陷入了難堪的沉默中。

「我大概猜得出罪業會的所作所為是為了什麼了。」林文摸了摸胸前的銀墜，指間冰冷的觸感彷彿正呼應著他內心的想法。

林文曾經親眼看過欺瞞之王封印的術式。當時因為極度的悲傷與憤怒，導致他根本無暇理會術式組成，但在上次霧洹將記憶重現時，他可是以旁觀者的身分清清楚楚的再看了一次，現在搭配上希瓦娜的情報……

林文幾乎可以肯定，罪業會是將魔界王族的靈魂拿去運用在鬆動的封印上。所以這樣說起來，喚者們的犧牲居然成為了人間和平的基石？

林文想到這裡就只能漾出苦澀無比的笑容。他的人生一直在逃避和罪業會針鋒相對，看來除了因為恐慌之外，更怕的是面對自己無能為力的真相。

琳恩的力量隨著當時那道次元的密合，早已年年衰敗。如果能夠再開一次通道的話，或許還有機會……但照當時胡來的做法，在成功之前，林文可能早就被次元吞噬了。所以他需要理解所羅門法則，找出百分之百安全的開啟通道法——這是為了讓琳恩回去，也或許是為了心底那一絲復仇的欲望。

「啊……原來我心中一直在盼望著血刃仇人？」林文彷彿第一次看穿自己般的呢喃。他看了看自己的手掌，突然發覺到這隻布滿筆繭的手，其實遠比自己想像的還要骯髒。

以為忘記了，實際上卻沒有忘記，以為放下了，實際上也並沒有放下，到頭來佇足在原地的還是只有他自己。

林文將頭埋入了雙掌間，固執的搖著頭，「為什麼要告訴我這些？如果不知道的話……這樣我還能夠繼續恨著他們。」

琳恩聽著林文的話語，皺起眉頭，毫不猶疑的就這樣一記手刀敲下去。

林文吃痛的抓著頭，原先滿腦沉痛的苦思都隨著剛剛那記手刀煙消雲散，他哀號著：「幹什麼……敲這麼大力啊！」

「沒什麼，只是讓你恢復點人性的特效藥。」琳恩舉起手刀輕吹了一口氣，壞笑起來推了推林文的額頭，「你啊……既不是聖人也不是什麼得道高僧，所以還是不要肖想放下什麼刀就會成什麼佛那種泯滅人性的思維吧。」

「……妳不知道聯合國今年的中心思想是『愛、和平、關懷』嗎？」林文摸著有些腫起的頭，痛楚讓他的眼眶不可控制的泛起淚光來。

「呵！那是什麼?可以吃嗎？」琳恩翻了翻白眼，嗤之以鼻的說著：「是凡人就該有凡人的樣子。對方滅你全家，還要硬逼自己說『好吧，既然你們是為了拯救世界，那我只好原諒你們了』，這不是聖人，這叫白痴！請左轉七百公尺掛精神科，聽說現在還有健保補助，可以減免一半的醫療費。」

——身為喚者，距離凡人應該是很遙遠的距離吧?

林文不滿的在心中吐槽，但無法否認，琳恩的話語就像是冬雪中的烈陽，轉眼便將他心中所有的霜冷消融殆盡。

「我啊，身為一個外界的觀測者，我很佩服希瓦娜，我也很佩服罪業會，他們都有他們的雄心壯志，不論手段為何，至少他們很符合人間所謂的英雄情懷。」琳恩站起了身，挺起胸高聲的讚揚著，但在下一刻，語氣急轉直下。

「但那關我屁事？管他媽媽嫁給誰，市井小民就該有市井小民的胸襟。你是個人類，就只是個人類，充其量再加上所羅門宅屬性，真的不需要勉強自己成為聖人或佛祖，那種不倫不類，只會讓我笑到肚子痛！」琳恩嘲諷的笑了笑，滿臉的嘲諷和睥睨表露無遺。

「所以就拜託你，不要再鑽牛角尖了，看著就讓人心煩。」

琳恩冷笑著拋下了一席話，轉身抄起桌子上盛裝冷茶的茶杯，快步走入了廚房內，留下一臉火辣辣的林文傻楞的坐在原地。

「真的是……居然讓琳恩教我怎麼當人類……」林文搔了搔頭，釋懷的將胸前的銀墜打開，泛黃的全家福舊照片隨著銀墜上的彈簧聲響起映入了眼簾，他難為情的細語著：「讓你們擔心了，抱歉。」

秋風順著窗口掃入，在飛舞的凌亂瀏海間看去，照片裡的人宛如對他綻開笑靨。

The summon is the salvation of the world

Chap.2 施肥完成

冰冷的金屬儀器充斥著整個房間，各種電纜雜亂無序的在天花板上交錯，彷彿有隻巨大的科學蜘蛛正在頂上織網築巢，微涼的風流通過空氣淨化機一點一點的過濾著。這是屬於少女的堡壘、少女專屬的戰場……

「偵測到由乃博士腦波和心跳異常，進入提前喚醒程序。」

單調枯燥的機械聲，從天花板的喇叭傳了下來，伴隨著陣陣喚醒人用的特殊聲波，趴在桌面上的由乃腦袋昏沉沉的爬了過來。

「根據人類語言習慣，現在時間點應該算是早安。早安由乃博士，妳於睡前所吩咐的工作已經完成，確認對方收到信函了，對方表示——」

「早安，諾維。」由乃撫過滿是汗水的髮絲，頭腦昏沉的打斷了超級電腦的人工語音，疲憊的坐了起來問：「我睡了多久？」

眼前的電腦閃爍了一下指示燈，充當「眼睛」的鏡頭光圈和焦距不停轉換。

「三個小時二十七分四十一秒，尚未達到人體健康睡眠程度，但已依據妳的條件達到最低要求底限了，原本應該讓妳睡眠達到四小時，但妳心跳顯示異常，推測進入夢境中，YES or NO？」

「YES。」由乃嘆了口氣。

由乃很少做夢。在以前，睡眠會因為靈竭症而被切割得零零落落，在那種瞬間就會失去意識的情況，很難有做夢的可能。

所以她剛剛久違的陷入了夢境之中，但如此新鮮的體會卻完全沒有讓她感到半絲高興。

那場夢只不過是幾個禮拜前的現實，是他們的那場苦戰。

雖然他們成功的存活了下來，但卻失去了太多重要的東西。

亞澈失去了他引以為傲的鹿角和黑翅，就算亞澈他在事後掛著微笑告訴他們這一切都無所謂，只要大家都存活下來，其他的他都不在乎……

但是亞澈的微笑卻完全進入不了她的心中。

因為她自始至終都是站在離亞澈最近的距離，是她喚了他的名字，開啟了破碎的開端，當時明明知道情況不對勁，明明直覺知道他要做什麼冒險的事情，但是她卻只能無能為力的袖手旁觀，完全無所作為。

亞澈以往曾告訴過她，當時他說那對鹿角和黑翅都是他的驕傲，是他僅剩的可以對自己說自己是魔族而不是透明人的證據。

但她只能眼睜睜的在旁邊看著亞澈自己葬送了自己最為寶貴的事物，在那一刻她才體會到自己並不是什麼魔工學天才，她無力挽救的實在太多了！

所以，這一次她決心要傾盡全力，這一次她絕對不要只能哭泣而什麼事情都做不到！

由乃雙手握了握拳，雙眼堅定的看向眼前的機械。

那是臺詭異、完全不知其用途的機器，內部零件外露了出來，缺乏各種外觀修飾和控制面板，看得出來還是件半成品。

「由乃博士，這臺機械是為了什麼目的所製？」

身為超級電腦的諾維，鏡頭圍繞著這臺機械，在它的資料庫中完全找不出和這臺機械有關的設計，代表這是前所未有的原創設計。

連和全球各大研究機構連線的它都無法找出關聯性的話，那大概只有設計者本身才知道這機械的用途和目的了。

由乃闔上雙眼後，沉默了許久才緩緩說出口：「只是為了拯救一個人所設計開發的。」

「那個人是？」

諾維沒有半分好奇心，只是登錄資料的表格此刻自動撰寫起來，等待著由乃的聲音將空白的資料欄位填滿。

「是位對我來說非常重要的人。」由乃對著電腦的空白資料表，手游移到右上方的小方格，自己手動關閉了表格。

「請問由乃博士，可以儲存聲音樣本嗎？」

諾維自發性的跳出語音儲存檔來。

看著那個語音檔，由乃猶疑了半秒，鬆開了手，「隨你吧。」

就在超級電腦正要回應之時，沉重的魔導工程學研究室大門敞了開來，一頭金髮和全身掛著金屬飾品的耀慶不滿的闖了進來，手中的信函五顏六色的，讓耀慶看起來活像是位郵差，可惜實際上沒有這麼怒氣沖沖的郵差就是了。

「由乃！妳最近跟那位所羅……不對，林文教授走得很近對吧！」耀慶話說到一半連忙摀住了自己的嘴巴，讓差點脫口而出的所羅門宅又吞回口中。

「怎麼了？他的使魔最近不是都沒來到人間嗎？」由乃蹙著眉。在那場苦戰之後，除了黃泉擺渡人安然無恙之外，剩下的都需要在異界休養好一陣子，理論上根本沒有機會給他們來人間闖禍才是啊！

「不是，不關他使魔的事，是為什麼魔族不停來函要求我們規勸亞澈回去魔界？難道他其實是蹺家少年？」耀慶煩悶的不停抓著頭，最近秘警署的壓力單單因為這件事，平白無故增添了不少。

重點是要求對方提供緣由說明，對方也支支吾吾的說不出半句合情合理的理由，充其量只說了句家醜不可外揚。

啊！靠！你們都知道不可外揚了，那是要他們怎麼規勸！

想到這裡他好不容易略減的火氣又高漲了起來。

「所以秘警署站在魔族那邊？」由乃抬了抬眉毛，眼底的笑意令人望而生懼。

「當、當然不是……反、反正對方連半點像樣的藉口都沒有，我們最多只要形式上的規勸就可以了。」耀慶被由乃的眼神嚇到抖了一下，連忙將信函轉交到由乃手中。

「我知道了，林文那邊由我去負責聯繫。」由乃用雙指夾著好幾封信紙，套上了淺棕色的連帽兜衣，凌厲的眼神停留在耀慶身上，問：「形式上的就可以了對吧？」

「沒錯。」吞了吞口水，耀慶只敢連忙點頭，目送著由乃轉身離去的背影，緊迫的呼吸這才鬆了開來。

「諾維，你家主人？」耀慶緊張的對著電腦問道。

「根據心跳、腦波、和踏步力道，有百分之八十三的可能處於暴怒狀態。」諾維老實的分析解說。

看著耀慶臉色大變的模樣，諾維的鏡頭不停放遠關注著遠去的由乃。它沒有說出口的是，系統統計出來有百分之九十九的可能，主人生氣的對象並非在場人士。

※　※◆※　※

臺北的天空隨著月份的腳步，飄蕩起如牛毛、似雨簾的細碎雨點來，整座蒼凌大學彷彿被蒙上了一層面紗。

在濕冷的寒天中，一道身影鬼鬼祟祟的張望著四周，確定沒有人之後，才小心翼翼的敲門，研究室的敲門聲隨著手中的力道而大小各異，三大三小……門內的空氣彷彿應和著來訪者的節奏而產生了變異扭曲。

「打擾了，我帶來了魔族的口信。」由乃抖了抖連帽兜衣上的水珠，晶瑩剔透的水珠比米粒還細小，令她看起來彷彿像裹了層糖霜般。

由乃緊張的悄悄進門後，連忙輕聲帶上門，問道：「亞澈出去了嗎？什麼時候會回來？」

「不知道，他說他去散個心，通常至少要一小時左右。」林文的手指拉開了百葉窗簾，看著遠方那一顆小黑點感慨的說著。轉過頭看著由乃手中的信函，他的表情掠過一陣煩悶，「魔族連秘警署也不放過啊？」

「看樣子你們也都知情了，那就當作沒這回事吧。」由乃冷哼了一聲，直接當著林文和琳恩的面把信函對摺再對摺，撕碎成十乘四的長方形紙條，任憑碎紙輕飄飄落在垃圾桶中。

最近魔族已經不再上門來打擾亞澈了，一方面可能是因為亞澈明顯的心情欠佳，現在只要靠近他十步，就會呼吸緊迫到比初戀告白還要恐慌的地步。

也可能是魔族的告白經驗都欠佳，所以不知不覺中來訪者就慢慢不再出現了。

而這樣的人數變化，完全沒有讓亞澈的心情轉好。

亞澈並不是個會遷怒於他人的人，但是當身邊有一個人的眉頭十有八九都深鎖著，附近的氛圍就不太可能愉悅到哪裡去。

所以亞澈總是以散心為理由，到處遊走著。然而林文他們沒有說出口的是，亞澈散心前的表情和散心後的神態，說實話……實在沒有太大差異。

只要當亞澈一獨處的時候，那眉頭就低垂得彷彿有道積雨雲常駐，只有當人和他交談時，他才會強顏歡笑的咧了咧嘴。

就在林文、由乃和琳恩商討的時候，一隻漆黑的烏鴉來到窗邊嘎嘎的叫響著，腳底下抓著一捲白紙，用鳥喙輕啄著窗。

琳恩熟練的將那隻烏鴉迎了進來，當烏鴉飛進屋內、從琳恩手中噙過鈔票後，身子頓時溶化四散。

由乃連驚呼都來不及發出，烏鴉的身影早已化成排列有序的墨字，將剛剛還在爪中的白紙染成了報紙般的模樣，至於琳恩給的鈔票，早已消失到不知哪去了。

「那個……是式神？」由乃傻住了，這還是她第一次看到如此作用的術式，在短短不到一秒的瞬間，白紙就成為了報章。只是……她看了眼上面所使用的文字，這到底是哪一國的文字啊？

那些文字，由乃完全沒有見識過。就算此刻騙她說那些文字都只是幼兒的鬼畫符，她也會深信不移。

「我第一次看到時也是非常驚訝，只能說魔界的報紙真的很有趣，至少噱頭十足。」林文淡然一笑，繼續說了下去：「因為大部分看報紙的都是琳恩她們，所以我這裡還滿常有各界的送報使魔過來呢！」

林文的目光流暢的滑進了報紙上的字裡行間，這種閱讀能力讓由乃乾笑起來，她印象中署裡的文件登打人員抱怨過林文短短一面基礎資料錯字連篇，讓那登打人員對這島國的教育前景深感憂慮，完全無法想像這人是身為教育界的教授！

「我還一直以為你有文字閱讀障礙。」由乃傻眼的瞪著林文，「不然我無法解釋基礎資料卡上，你漢字出錯的比例。」

「我？我也一直以為我有……」林文乾笑了幾聲，「後來我才發覺，是人間的文字太複雜了，所以我很能體會學生考卷上不想寫名字的心情。」

聽著林文的話語，由乃無力的搖了搖頭，林文比起人間語言更懂魔界語言，居所的報紙各界都有卻獨缺了人間……到底要怎樣才能活得這麼不像人間的人類啊！她很好奇，真的很好奇！

她正想要吐槽的時候，林文深深吐了口氣後搖頭，和一旁的琳恩交換了一記眼神，將手中的魔界報紙遞了過去。

琳恩眨了眨眼，接過手的報紙隨著閱讀的過程，她玩味的嘖嘖聲不斷：「希瓦娜現在成為眾矢之的了，這件事情亞澈應該遲早也會知道吧？」

「怎麼瞞？我們不可能把亞澈綁在房間內，阻止任何魔族或使魔的接觸，魔界諸國一定會傾盡全力將亞澈拐回魔界去。」林文光是想想就知道這件事情根本瞞不住，別說他們留不住亞澈，真留住了，他們的情緒波動也逃不出亞澈的法眼。

聽著兩個人之間的交談，完全無法進入狀況的由乃跳了起來，到底發生了什麼事情？由乃著急的撲了過去，將琳恩手中的報紙全攤了開來，看著密密麻麻宛若迷宮的排版，她完全無法明白魔界發生了什麼事情。

——靠……這已經不是「書到用時方恨少」，誰平常會學習魔界文字啊！

由乃暗罵著，抬頭張大眼求救似的看向林文，卻差點讓林文將滿口的咖啡嚇噴了出來。

「咳咳！莫急，我馬上幫妳翻譯……沒有人說過妳瞪人的氣勢很嚇人嗎？」

林文抽了幾張衛生紙將嘴角旁的咖啡抹去，苦笑的晃了晃頭，「簡單來說，就是亞澈的祖國現在面臨到經濟、外交等柔性制裁，理由五花八門，但真正的目的應該是怪罪希瓦娜沒有把亞澈召回魔界的關係吧。」

「『王的誓典』嗎……」由乃冷哼了一聲，這段日子她很清楚的了解魔族態度轉變的原因，而且希瓦娜前陣子來人間時所說的話，林文他們也都毫不保留的直接告知了她，其中甚至連關於罪業會的推想都說了。

將一界的重擔深壓在一人身上，也難怪亞澈最近總是愁眉不展，這點在場所有人都能夠體諒，但是亞澈應該不知道罪業會和亞里斯的事情才對，這些事情很難想像希瓦娜會主動對他說，畢竟她就是最不希望亞澈回去的人。

「從時間點來推算的話，你們上次約會有發生什麼嗎?總覺得亞澈約會完，就開始經常陷入一個人的沉思中了。」琳恩的眼神在月曆上游移著。

「應該沒有才是，但是說實話我也有這種感覺……從他去完洗手間後，我就覺得他怪怪的，可是他也才上不到五分鐘的洗手間啊!」由乃輕敲著腦袋，試圖找出那天約會的不協調之處，卻完全找不到。

亞澈的態度是有所轉變，時間點大概是上完廁所過後……但那是間單人廁所，而她確定亞澈獨自一人在裡面，沒有任何人存在過的蹤跡。

「總之，我們的計畫要努力的方向也不需要修正。」林文小心翼翼的張開了結界，將一直掛在牆上的白板整面翻轉了過來。

白板的後面刻劃著各種五花八門的條列和計算，各種圈與叉交疊。

三個人眼神交錯了一瞬間，頓時展開了熱烈激昂的討論。

※　※◆※　※

漫天雨絲像是有意識般的避開了亞澈的身軀，就連流動不止的風也沒有辦法貼近，此刻的他下意識拒絕了萬物對他的所有接觸。

獨自一人在街道上散步的亞澈，既沒有目的地，也沒有想做的事情，他的腳踢著路旁的小石子，這些天來越是考慮著這些事情，就越感到一股深沉的無力感。

在熟知了亞里斯的真相後，他也逐漸了解那些「幻覺」和「幻聽」所代表的涵義，在他眼中那布滿蒼穹的人間大結界，大概就是亞里斯所安排的結界吧？就是因為這道結界，所有的異界使魔都沒有辦法長期駐留人間。

但如今這道結界幾乎要瓦解了。他的身體可以感受得到自己的存在或多或少干涉到人間大結界的運行，他就像是系統中的不穩定變數，而這變數不但沒有隨著時間被刪去，反而影響逐漸加深。

至於幻聽……亞澈沒有辦法確定那究竟是亞里斯殘留的意念，又或者是亞里斯身處封印中的怒罵，他只能肯定那絕對是亞里斯的聲音。

在這段時間裡，亞澈的力量隨著在人間待的時日而與時俱進，越是如此，他就越清楚亞里斯當初的設想有多麼完美。

只不過，預想之外的意外真的太多了。否則按照四界之主所設立的人間大結界，讓亞里斯脫離了時間與空間的限制，理論上應該是可以幾近永恆的封印下去。

這樣想的話，亞澈不得不說人類還真是「了不起」，只是增加人口數，如此不經意的就將封印滴水穿石般的破壞掉，還完全沒有方法可以挽回。

所以繼承之日的到來成為了遲早降臨的必然，等亞澈接手「王的誓典」後，除非被封印在人間，不然他勢必得回到魔界去。

其實……這也沒有什麼。亞澈苦澀的彎彎嘴角。只是有點諷刺，在來到人間前他必須活得像隱形人，但在來到人間後他就要被拱上王位，成為了那虛位的皇者，人生意義僅剩維持「王的誓典」。

除此之外，讓亞澈心中煩躁不已的是……他若是走了，那由乃他們怎麼辦？靈竭症患者又將回復到過往的難堪，不是面臨沉睡就是承受魔力排斥的痛苦……

這樣到底要他如何選擇？

他不知道，真的不知道。

亞澈雙眼空洞渙散的看著夕陽西沉，直到公園被夕暉鍍上了一層金膜，他才發覺到自己發呆了一段時間，原先陰鬱的天空早就明朗，視線穿透大樓間隙，隱約能窺見橘紅夕陽的影子。

亞澈躺坐在公園長椅上，此刻雙眼內封存的是滿滿的掙扎與困惑。

這時，一道高聳的人影倏然在他身旁靜默坐下。

「在猶豫些什麼？」

對方沉穩的聲音穿過他的耳際，李雲一身的黑長大衣，他將墨鏡往下拉了下，露出雙眼後，就坐在亞澈身旁。

「我越來越不明白，你們都不怕我抓狂滅了罪業會嗎？是當真以為我沒有脾氣？」亞澈安靜了片刻後，百般迷惑的說著，眼中盡是焦躁。

「我以為你早已猜到了。」李雲的手指玩弄著罪業會的徽章。金色的徽章在陽光下閃動，彷彿光球在他的手指間流轉，「能夠抵擋亞里斯血脈的言靈，你真的覺得這是人類能夠做到的技術嗎？」

「所以……連罪業會的創立，也是亞里斯幫助下的結果？」亞澈默然，早在當初混戰時，罪業會集體抵抗他的言靈，他就發現到罪業會的徽章中有著他似曾相識的魔力，並且力量上不分軒輊。在這樣的假設前提下，亞澈用膝蓋猜想也可以猜到始作俑者大概是誰。

「這個嘛……誰知道？」李雲嘴角勾了勾，他從懷中抽出一張紙，推送到亞澈眼前，「看你這麼猶豫，所以我決定來推你一把。」

那張紙上擠滿各種魔界文字，光看第一眼，亞澈就被斗大的字體震懾了。

「混亂之國慘遭各種圍剿！」

亞澈張大著眼睛在報紙上不停閱讀著內文，讀得越多越覺得可笑，各種似是而非、千奇百怪的理由，居然也能夠成為宣戰公告，根本就是為宣戰而宣戰！

「他們在逼你回去繼承『王的誓典』，看來軟的不行，所以嘗試硬方法了。」李雲嘴角上翹的說著。

「這太愚蠢了！」亞澈暴跳起身，他首次湧出奔回魔界的念頭，但隨著情緒激昂，他的內心反而更是沉靜。

看著亞澈冷靜的思考著，李雲淡淡的笑出聲，「看樣子你很清楚這是陷阱，沒有亂了分寸。」

「……謝謝你提供的情報。」亞澈轉身正要離去時，突然停下腳步，嚴肅的看著正打量著他的李雲，「所以你們罪業會的利益和魔族一致嗎？」

「雖然一致，但做法不同。」李雲沒有逃避的直接回答。

看著李雲，亞澈清楚的知道他並沒有說謊，他原本想說要是罪業會逃避回答這個問題的話，那他就知道該如何採取下一步了。但既然對方老實回答的話……

亞澈咬了咬牙別過頭去，腳下魔法陣光輝閃動，身子微微一躍就飛出了幾百公尺的距離。不一會兒，亞澈的身影已經消失在李雲眼前。

確定亞澈走遠的當下，李雲才從懷中掏出了手機，嘴裡輕吐出言：「施肥完成，距離收割之日不遠了。」

啪的一聲，手機在完成通訊之後，自己燃燒起來。李雲不慌不忙將手中正在燃燒的手機扔了出去，看著火焰的橙光在天空劃下一道橘紅，他嘆息著從口袋中抽出香菸，點燃深吸了一口，再徐徐吐出。

看著白煙繚繞散落在空氣中，李雲淡淡的搖了搖頭，眼底滿是悲哀。

「什麼都不會改變的，不管你怎麼掙扎，該湮滅的終究會湮滅，一切只是時間早晚的問題。」

他對著空氣呢喃，手中的菸彷彿弔祭著某人般，白煙在風中搖曳飄散。

※　　※◆※　　※

宛若飛鳥翱翔的亞澈並沒有直奔研究室，他知道林文他們一定會竭盡全力幫忙他，但他就是不希望如此。如果可以，亞澈希望自己可以成為被別人依賴的人，而不是一直只會依賴別人的小孩。

所以他的目標不能是研究室，這是屬於他一個人的戰鬥。

亞澈停下了步伐，他茫然無助的看著天空，在人間應該還有魔族的使節才對。那些使節千辛萬苦的來到人間，不可能說回去就回去。

但即便如此……亞澈也從未向他們詢問過在人間的居所或動向，只是百般不願的一直將他們婉拒於外。

這應該算得上是報應？對自己的自大所要付出的代價，就是指此刻吧？

亞澈連嘆息的時間都沒有，張望著四周，手指在空氣中撥弄著，彷彿在撥散什麼雲霧般，原先混雜的空氣順著手的流動逐漸澄澈了開來，隱藏在重重疊疊之後魔族特有的魔力，透過他的雙眼……軌跡表露無遺。

「但……還不夠。」

亞澈低聲呢喃著，逐漸將意志集中在雙眼間，全然沒注意到自己腳底下的魔法陣正在發出璀璨的光輝和熾熱的氣息。

「我需要……更為確切的位置。」

他低聲的話語彷彿命令、猶如威逼，一股凜然的寒風隨著話語奔放，空氣中的水霧凝結，秋陽的映霞將水霧渲染成五顏六色的虹。

「抓到你了。」

亞澈嘴角上揚，臉上的笑容加深。

順應著依稀淡薄的虹，他在一棟大樓面前停下了腳步，心中盤算著各種問候的方式，思考不過幾秒鐘就已經定案，果然……還是用最簡單明瞭的選項好了。

亞澈輕輕的高抬起了腳，重重踏了下去，掀起一陣小小的塵埃。沒有撼動大地的衝擊，也沒有什麼飛沙走石的壯觀場景，這樣簡單的一個踱步，就讓大樓裡的所有魔族走了出來。

看著各國使節神情敬畏的屈膝半跪，亞澈的不悅幾乎要席捲了他的內心。

明明用了各種手段制裁混亂之國的運作，卻又在他眼前裝出一副畢恭畢敬的模樣，若是真將他視為魔界之皇的話，怎麼還會做出這種惹怒他的事情？無非就是只把他當作支撐「王的誓典」的道具而已？

想到這裡，亞澈的眼神無比森寒起來，他咬了咬牙，但還是將內心的衝動隱忍下來，緩緩甩了甩頭。

——不行，眼下此刻我必須忍住！

他將剛剛隨著踱步而散發的魔威逐漸收回，視線望了出去，與各國使節一一對上了眼，確定鎖定完每位使節後，這才緩緩的發言。

「不論是以什麼樣的形式，我保證我將會繼承『王的誓典』，所以我給你們三天的時間，這段時間應該夠你們商討和回歸魔界。三天之後，仍然與混亂之國宣戰的國家，就代表著和我敵對，也就是和『王的誓典』敵對。」

看著眼前所有人陷入一種又驚又喜的狀態，他只能轉身背對離去，心中的壓迫和煩躁逼得他氣憤的甩了甩手，卻怎麼也甩不掉心中那股沉重的壓迫感。

他許下了承諾，達成了言靈，不用任何人告知，他深知從此刻起……他已經無路可退了。

The summon is the salvation of the world
Chap.3 蒼穹太過澄淨的一日

清晨的陽光襯著美味的地中海風味早點，這應該堪稱完美一天的開始吧？

假如沒有看到報紙的話，林文的心情應該好到可以哼著小曲在陽光下踏著舞步……

桌上的魔界報紙頭版標題上，醒目的寫著有關上禮拜混亂之國遭受各種外交、經濟等制裁，都是出自一連串的意外，在誤會解釋清楚後，各國將制裁收回，甚至不少國家還提供賠償和道歉。

看著這則新聞，林文的臉露出錯愕的神情，他不是不高興混亂之國從這場風波中全身而退，而是這種退法太詭異也太輕易了。

魔界諸國抱著幾乎要和混亂之國鬧翻的覺悟，硬是逼著要亞澈回歸魔界，但卻在亞澈還在人間的時候，自己喊卡……

是魔族放棄了亞澈？

林文垂下眼簾，這徹底在做白日夢，完全是不可能的事實。

所以……是亞澈答應了他們了？

林文想到這裡，被自己莫名竄出的想法嚇到，卻又找不出任何不可能的解釋，一時之間百感交集。

林文盯著白瓷茶盞杯中的紅茶倒影，心不在焉的從手中小罐傾出過多的牛奶，看著杯中的牛奶和紅茶螺旋交織，將自己的頭像旋轉成一團的糊影……他想起其實亞澈來到人間並沒有過多久，腦海中還記得亞澈初來人間被罪業會團團包圍，露出驚懼恐慌神情的樣子，結果一年的時間不到，亞澈就要自己一個人背負魔界所有人的期望嗎？

林文推開眼前的餐點，憂鬱的笑了笑，雖然從未有過子嗣，但他現在真的可以體會到希瓦娜的苦心了。無關人格高尚或良善，只是看著亞澈所背負的那份沉重而感到難過、看著他的未來而感到絕望。

「我親自烹調的早餐有難吃到讓你露出這種表情嗎？」琳恩皮笑肉不笑的看著林文。

「沒、沒有啊。」林文連忙搖手否認。開什麼玩笑？要是輪到他下廚的話，大概下一個月都是果醬配土司了。

「那你的表情是什麼意思？」琳恩的神情和緩了一些。

「妳自己看吧，我先進去研究了……所羅門法則終於只剩最後一條了，這是最關鍵的核心。」林文起身，將手中的報紙推給了琳恩，低聲咕噥著，「亞澈就拜託妳了。」

「好，知道了。」琳恩信手接過了報紙，隨意的敷衍著。看著報導內容，她很能體會林文的神情為什麼會突然如此凝重。

但眼下要向亞澈求證卻也沒有方法。昨晚亞澈很晚才回到家，拖著疲憊的身軀回來，現在還在睡大頭覺。琳恩搔了搔頭，將盤中難得剩下這麼多的餐點一一收了起來。

所有人都忙著向各自的目標邁進，每個人都有每個人的算盤，完全沒注意到此刻命運的齒輪默默往前轉動了一大圈。

※　　※◆※　　※

研究室的休息房內，亞澈雙眼下的黑眼圈積得深厚，他屈膝將身子緊緊縮起，一動也不動。這不是因為熟睡的緣故，而是此刻他的意識根本完全離開了肉體，脫離了這個空間。

亞澈眨動著雙眼，完全無法理解現在眼前的世界是在哪裡。

他眼前是一座古老的庭院，池中清澈見底，天空一碧如洗，沒有如龍蛇錯綜般的通道，只有一條筆直的石橋，直通湖心上的涼亭。

他罕見的撫摸著胸口，腦海中警鈴大作，這感覺比當初搭火車途徑東部，面對罪業會所設下的暗示效果時更為明顯——那名為「恐懼」的敬畏感，早已爬滿了全身，令他完全無法動彈。

「我以為未來的皇者應該無所畏懼的，看來我還是寶刀未老啊！」

一道莊嚴又沉穩的嗓音從湖心涼亭傳了過來，亞澈幾乎是聽到的瞬間就湧起了跪下的衝動。

「……亞里斯？」亞澈的聲音幾乎沙啞。

「喔？我以為已經沒有人記得我的名字了。」亞里斯的聲音淡淡的笑著，「過來吧，未來的皇者。」

也許是言靈，又或者是亞里斯的首肯，亞澈感覺手腳恢復了知覺，他轉過頭看著和湖心相反的方向，直覺告訴他只要順著那條路應該就可以離開這個空間。

亞澈閉上眼沉思了幾秒鐘……錯過了這一次，誰知道還有沒有下次機會和亞里斯會面？也許這次只是個陷阱，但他心中想要詢問亞里斯的事情真的太多太多了。顧不得陷阱的可能，他毅然決然的邁開步伐，朝湖心涼亭走去。

亞里斯的身影清晰得像是雕刻在空氣之上，和他一相比，周邊的背景和器物都模糊得彷彿只是團光影。

和亞澈一樣，亞里斯有著和人類一般的外表，既沒有惡魔角也沒有雙翅，只有腳底下的魔法陣散發出微弱的星光，點點揮灑在空氣中隕落。

深黑色的髮絲，即便經過數百年後也依然露出墨玉般的潤澤，深邃的五官襯出神情中的一絲邪氣，毫無疑問的……他是皇者，魔界的亞里斯皇。

他的手指在半空中勾了勾，完全沒有任何皇者該有的儀態，但亞澈沒有能力拒絕，只能默然趨前。

亞里斯不發一語的用白纖的手指托著亞澈的臉頰，輕輕的扭動著，彷彿在看什麼藝術品般，指尖順著亞澈的臉頰滑落到喉結、胸膛……

他咧了咧嘴，充滿邪意的微笑露出，「真是瘦弱，就這樣的身軀要背負魔界？呵呵……」

亞澈愣了愣，完全沒有辦法、也不知道該怎麼跟亞里斯應對。自他覺醒之後，他還是第一次身陷這種狀態，原來這就是被魔威震懾到的感受嗎？他對著自己露出苦笑。

「但很了不起，我在你這等年紀時，既沒有你的膽量，也沒有你的覺悟。」話鋒一轉，亞里斯神情複雜的看了亞澈一眼，讚賞的揚起嘴角：「甚至連脾氣都沒辦法掌握好。」

「我也是……歷經很多次夢境才能不那麼叛逆啊。」亞澈低低的說著。而這一切的成果，都不是他自己一個人可以完成的，要不是林文，要不是夢魘，還有周圍的那些人……

「夢境嗎？這倒是個好主意，可惜我那個年代六界彼此爭戰，異界之間想要彼此合作，根本是痴人說夢。」亞里斯玩味的摸索著下巴，思緒回到了從前。

如果……當時六界彼此能通力合作的話，是不是各界就不會破敗到這種地步？而他也不需要重重算計，就只是為了把落幕延宕到這數千年之後。想到此，他不勝唏噓的感慨起來。

「所以亞里斯皇，這裡是？」亞澈看了看四周，他很肯定這裡不是真實世界，而是更趨近於夢境之類的精神空間。

「這裡？是你和我重疊的夢境，從你覺醒之後，我就一直和你的血液共鳴著，終於在今晚連上了線。」亞里斯輕輕揚起嘴角。

「我以為您被封印著，應該是無法——」

「所以這下你知道封印破敗得多嚴重了。」亞里斯直接打斷了亞澈的話語，他自嘲的說著，聲音裡盡是無可奈何。

看著亞里斯孤傲的身影，亞澈摟了摟自己的肩，這樣看著亞里斯，他就更清楚自己和亞里斯有著天壤之別的差距。

他沒有辦法像亞里斯一般，身處在悲劇中還挺著傲骨，那不可能是他……終究，他們也只有血緣這一點的雷同罷了。

「我聽說你打算繼承『王的誓典』？」亞里斯帶著些許厭倦的語氣望向亞澈。

「嗯……可以請問您是從哪裡聽到這消息的嗎？」亞澈在承認的同時，直接反問道。

看著亞里斯瞬間露出了錯愕的神情，亞澈恭敬的低下頭，裝作什麼都沒發現。

「玩這種小把戲。」亞里斯鼻孔哼了口氣，但滿臉的笑意卻掩飾不住，畢竟已經很久很久沒有人敢在他面前如此放肆了，不論是封印前還是封印後……

「是罪業會，他們是我在人間所種下的種子。所以有關於你的情報，都是他們提供給我的。」亞里斯冷笑出聲，望著亞澈愣然的模樣，他的笑意反而加深，「怎麼？我以為你早已猜測到了。」

「猜測到是一回事，聽到您的承認……又是另一回事。」亞澈不置可否的頷首，一股冷顫從牙關擴散到他身上每一處毛孔。

注意到亞澈的情緒反應，亞里斯大笑起來，神情看不見一絲後悔和內疚，他厲聲的開口：「當時我身處人間，用盡全力運轉著人間大結界，卻發現到魔力還有剩的時候，你知道我有多錯愕嗎？那是我一生中最驚恐的時候。」

亞里斯當時將人間大結界鞏固得堅若磐石，不論什麼異族來到人間，除非締結契約，不然最多十天半月就會被遣返回去。

沒人料到如此無節制的消費魔力維持結界，魔力卻仍然有剩。然而，那不過如殘渣般、一丁半點的魔力，竟然使封印的一小角綻出裂紋。

亞里斯很震驚，但是他無法可想。那時他獨自一人身處封印內，除了仰賴外援別無他法，但理應每隔十年要前來維護封印的魔界諸王，隨著時間久遠竟忘記了這檔要事……

時過境遷，沒想到亞里斯當初傳給魔族用來突破人間大結界的秘術，沒能完成最初維修封印的任務，卻以另外一種形式流傳下來——被拿來運用在追殺林文他們的用途上！這真的讓亞里斯啼笑皆非。

在無計可施的情形下，亞里斯暴躁的怒吼聲讓接近結界裂紋的一位樵夫聽見了，那位樵夫根本連給他解說的機會都沒有，就大喊著惡魔、妖怪之類的話語，拋下了手中的斧頭，頭也不回的逃之夭夭！

亞里斯的視線順著封印的裂紋縫隙，看著那人化成遠處模糊的小黑點，就在他陷入絕望之際，剛才那位逃命的樵夫竟帶著大隊人馬回到了現場……亞里斯重拾希望的望著人群，努力將自己的聲音維持在和藹可親的語調內，結果才甫一出聲，一群山野漢子頓時成了龜孫子，跑得沒有最快只有更快。

又過了十天半月，封印裂紋隨著亞里斯殘存的魔力逐漸加深擴大，亞里斯聲音傳出的那一小塊山腳成為了有名的靈異地點，看著各路人馬在裂紋附近害怕的發抖模樣，他早已垂下了頭，連聲音都懶得發出了。

——只能等待封印瓦解了。

就在亞里斯墮入絕望深淵，無奈的這麼想時，封印卻出現了一道被加固的力量，雖然成效甚微、杯水車薪，但確實有人注意到了這個封印，這點讓他喜出望外的昂首一望。

透過裂紋，亞里斯窺見了一名驅魔教士。對方穿著羊皮紙黃的長袍，手上抱著聖經，喉結隨著吟詠的聖詩而上下抖動。

只有身為驅魔教士的他注意到這道橫跨整座山脈的封印，但除此之外他也無能為力，教士的信仰在四界之主所設立的封印面前，根本如同蚍蜉撼樹。

就在連那位驅魔教士也要放棄離去的前一刻，他卻停下了身影，雙眼空洞的朝著空無一人的岩壁發呆。

附近觀望的人完全不理解發生了什麼事，亞里斯露出只有他自己才明白的冷笑，打量著神情被迷惑的驅魔教士。亞里斯沒想過，他竟然會用上一生中最瞧不起的魅惑術，憑著記憶裡他生疏的技巧，將魅惑術藏匿在隻字片語中，成功的迷惑住了眼前的驅魔教士。

從那刻起，那名驅魔教士成為了之後的罪業會創始者，也就是從那一人開始，罪業會了解到事情始末，他們和亞里斯溝通商討，甚至自己招攬人間各派勢力，包含範圍跨越薩滿教、德魯伊教、佛教……各方勢力與信仰在保護人間的前提下，互相包容妥協。

這群人竭盡所有可運用的資源，從亞里斯散發出的魔力中，萃取出結晶來鍛造罪業會的徽章。

這所有的一切都是亞里斯默許的，也是亞里斯所吩咐的。到頭來，魔界人人恐慌的神隱年，始作俑者就是他們的皇帝——亞里斯。

亞澈的腦海中倏然浮現出芽翼曾經的話語，當時芽翼輕聲細說著——

「這些……自然不是諸王與諸后的意思，但不可否認，魔族對於人間向來輕視不屑。」

現在回想起來，五王二后根本早就知道亞里斯的計畫吧，所以他們才會規範勸戒入侵人間的魔族聯軍。

所以真正被矇在鼓裡的……人，到底是誰？

亞澈露出了苦澀的淡笑。

「那一年是四百七十一年前，是我和罪業會正式接觸的開端。」亞里斯眼中伏光湧動。

亞澈下顎微張的看著亞里斯，震驚和詫異淹沒了他的心緒。眼前的亞里斯沒有表現出任何歉疚，他如此稀鬆平常的語氣，彷彿神隱年造成的犧牲不過只是童話故事，與他本身毫無關聯。

「你明明就是主事者，為什麼可以這麼冷血？」亞澈喃喃道。

亞里斯挑眉了一下，嘴角彎曲微揚，語氣極其冷酷，「大概是成大事者，不拘小節吧。」

或許是注意到亞澈的神情錯愕，亞里斯再度大笑，爽朗的笑聲迴盪在整座庭院之中。他眼神嘲諷的掃視著亞澈，「怎麼？覺得我草菅人命？你如果抱持著這樣的信念，那你還是不要接手『王的誓典』吧。」

「我只是——」亞澈忍了忍，正要開口的同時隨即被亞里斯用手勢打斷。

「只是如何？只是不想犧牲任何一個人？所以決定讓所有人跟著陪葬？」亞里斯猙獰的露出牙齒，他笑彎了腰，一隻手撐住了額，眼底盡是嘲笑，嘲笑著亞澈的天真和無知。

「你搞清楚了，那些犧牲的王族就血緣上來說都算得上是我的孫姪，但我還是選擇了他們，要說為什麼……那大概是因為王者有身為王者的義務，捍衛族民的生存就是王者存在的意義！」

亞里斯的話穿過了亞澈的心扉，強悍的衝擊宛如寂夜裡的驚雷，一閃而過留下了鮮明的光跡。

亞澈滿臉通紅，羞愧得低下了臉龐。他其實懂亞里斯所說的意涵，也從未質疑過亞里斯當初的用心；一個能自願受封印，就為了不讓魔界因為失去誓典而崩潰的王，怎麼可能會由衷希望神隱年發生。

但他身為王者，無可奈何。在重重命運的乖戾下，他身不由己的選擇了讓最多人活下去的一條路，即便犧牲的同胞是王族，即便犧牲的性命是他的血脈，他還是倔強的挺身走了下去……

「若要說唯一歉疚的對象，那大概是對人間的喚者和靈竭症患者吧。」亞里斯在沉默許久之後，抿著嘴唇輕啟話端。

聽著亞里斯的話語，亞澈頓時全身一僵，身子完全無法動彈。

他張大雙眼，無法理解亞里斯的話中含意。

「等等……喚者的悲劇我懂，但靈竭症跟『王的誓典』有關聯嗎？」亞澈目光上抬，他的聲音虛弱卻清晰的在空氣中傳開。

亞里斯聽著亞澈話語中的急切，緩緩昂首仰望著穹頂虛假的繁星，接著靜靜開口了：「我聽聞你的女伴是靈竭症患者？」

「亞里斯！不要轉移焦點！」亞澈怒吼出來，龐大的魔威隨著怒咆席捲了整個空間，由意識所構成的夢境竟然承受不住魔威而開始模糊扭曲，空間脆弱的邊界也開始龜裂。

感受著亞澈的熾怒，亞里斯笑了笑，思考著：果然……這孩子的溫和扼殺了他的魔威。

亞里斯全身上下的皮膚久違的泛出刺痛感。他窺探著腳底下的魔法陣，對自身投以一抹苦笑，本來就所剩無幾的生命，經過這次對話的折騰，還剩下多久呢？

想到這裡，亞里斯搖了搖頭，手指抬起輕描淡寫的點在了亞澈的眉眼間，順著指尖，無數記憶瞬間竄入腦中。亞澈本能的想要退卻，但一看到亞里斯那蒼白死灰的臉頰時，他停止了想退卻的動作，任由亞里斯湧入的思緒將他的腦海吞沒。

一切彷彿數個小時般的漫長，但實際上不過須臾。

在亞里斯全身虛脫無力的收回指尖時，他的手失力的垂落、滑落、掉落，足下的魔法陣也產生了顯著變化。

魔法陣中心原先月牙般的新月陣紋逐漸淡薄後遷，那鮮明如鐮的陣紋只剩下柳葉般的輪廓。

「你……」亞澈接收了亞里斯的記憶，終於理解到腳下魔法陣所代表的含意，他驚道：「我不值得你……」

「沒有什麼值不值得，帶著這些記憶多活數日死去，和將這些記憶傳承後死去，根本沒有差別，反正終是一死。」亞里斯蒼白的笑著，他那鮮明的身軀在短短數秒之間轉為模糊。

看著自己半透明的手掌，亞里斯忽然間全身失去力量，直接癱了下來，亞澈連忙抱住了他。

「別擔心……這只是我已經連夢境都無法維持而已，我還能再撐個幾天，不會馬上死去。」

「不要再說話了！你的生命已經——」亞澈說不出口，他害怕自己說出口的話會以言靈的形式將字句化成事實。

「吶……告訴我吧，你想成為怎樣的皇？」亞里斯精神渙散的提問。

「我不會成為皇的。」亞澈用力握緊亞里斯的手，他聲音顫巍巍的說著：「我會踏上你的道路。這一次將不會再有人步上我們的後塵，也不會有人記得我的存在。」

「原來如此，不被人記憶也不被人歌頌，那無名的皇──」

亞里斯的下半截話語已經沒有人知道是什麼了，因為他的身影宛如沙土般崩散，失去血脈共鳴的一端，失衡的夢境將亞澈扔拋了回去。

※　※◆※　※

亞澈躺在床上醒了過來，仰望著天花板，他彷彿能看見天空滿天星斗之中，有顆星光急速的轉為暗淡。

腫脹的大腦提醒著他，剛剛的夢境全然不是他虛假的幻想，層層疊疊交錯摻雜的記憶告知著他關於亞里斯的一切悔悟和計畫。

即便亞里斯被困在封印之中，他也沒有悠哉度日。亞里斯早就盤算好封印要是真的瓦解後的計畫，計畫後的備案，備案後的策動……

亞澈坐起身，看了一眼自己腳底下的魔法陣，陣心中間呈現出一圈完美無缺的圓，猶如滿月般的運轉著。

真是諷刺……結果六界之主的壽命早已被刻寫在陣上，何時殞落、何時顛峰都一覽無遺。

「沒有時間了。」亞澈深吸了一口氣，走到書桌前，將所有腦海裡尚未褪色的記憶一一書寫了下來。

他的手越寫越快，字越寫越草，凌亂潦草的字跡隨著手腕在紙上橫移而留下汙痕，不屬於書寫聲的啪啪細響使得筆墨在紙張上暈染開，原來是他的淚水無聲的如串珠般從臉頰旁滑落。

一陣鋼琴樂聲從桌上流了過來，那是凱文柯恩的《走過綠意》，歡騰的琴曲彷彿諷刺著亞澈此刻的哀痛，等他回過神來停下筆時，手機的未接來電早已高達十三通。他抹了抹臉上的淚痕，看了看未知來電，手指微顫的接起手機。

「看看窗外。」突兀的要求從手機中傳出。

亞澈舉起手機的手垂落而下，用另一隻手刷的一聲撥開窗簾，銀潔的月光灑落室內，沐浴在月光之下，亞澈沉痛的將手機又舉了起來。

眼前的世界沒有任何異常。天空越是澄澈，他的心底就越是沉重，如果這幅景象是在他覺醒前所看到，他會覺得這是正常的世界，但現在——

那原先應該布滿天際的結界，早已不知消失到哪裡去了。不管亞澈多麼用力撐大雙眼、努力的在天空中搜索，但什麼都沒有。

天空空虛得讓人心寒……

亞澈表情蒼白的舉起了手機，「我見著了。」

「亞里斯已經虛弱到無法維持結界的地步，但滿溢的魔力不會停止氾濫——」李雲冷冷的說著。

眼下已經沒剩多少時間，等到亞里斯真正死去時，四界之主的結界在失去封印物的當下，就會自發性瓦解，到時一切就真的都來不及了。

「我知道，給我三天時間，三天之後……一切就都結束了。」亞澈嘶啞的聲音中斷了李雲的話語，他在語畢的瞬間掛斷電話，完全沒有要跟李雲多交談的意思。

※

※◆※

※

現代北歐風格裝潢的辦公室內，隔著落地窗可以將臺北盆地一覽無遺，一位男子掛掉了手機，沉悶不語。

「他怎麼了？」李雲愣了一下，詫異的看著手機喃喃自語。

如果不是因為他確定那是亞澈的聲音，他一定會以為自己撥錯了電話。

不需要任何說明就了解到天空的結界消失，這代表的含意……而且也沒有半分猶豫和躊躇，就直率的妥協。

撫摸著下巴，李雲原本以為還要經過一番工夫才能說服得了亞澈，結果現在卻完全不需要，而且他話語中隱藏的覺悟和堅定，遠勝過這些天自己和他在公園會面的樣子。

「到底這段時間出了什麼事情？」李雲好奇的呢喃著，並感慨的搖了搖頭。對他來說過程並不重要，只要能達到結果，他做什麼都無所謂。

「……這樣也好。」

事情的進展在幾個小時前突然脫離了罪業會的預期，原本應該還可以再撐一個月左右的亞里斯，就在剛剛身體突然惡化。亞里斯單方面的中斷了和大祭司的對話，就在大祭司還在皺眉的時候，天空轉瞬霍然明亮……那是只有他們才能窺探見的，少了結界的明亮天空。

也是在那個當下，罪業會才驚覺情況不對勁。

直到現在，亞里斯依舊沒有回應他們的呼喚，只剩封印內不斷高漲的魔力證明著亞里斯還存在的事實。那麼一來，矚目的焦點就改變成……亞里斯還能活多久？

雖然無法見到亞里斯，但是根據罪業會內醫生和靈媒的推斷，三天應該還不成問題……

「說話要算話啊，亞澈。」李雲從胸前的口袋掏了根菸出來點著，看著窗外不熟悉的天空，嘆息伴隨著煙霧吐出。

※　　※◆※　　※

天際晨曦泛起，對大多數人而言，這一天還是稀鬆平常的一天，但是對於另一部分的人來說，世界已經天翻地覆。

起初沒有任何人注意到結界消失，是秘警署的人員清點著隔離所中遭受隔離的異界生物時，察覺到了異狀。

隔離所的異界生物數量和昨夜相比完全一致。一開始他們還以為是自己清點到眼花了，但在重複兩次過後，數量依舊沒有變動的情況下，他們才面面相覷的向上級呈報。

結果這一呈報就發現了令人傻眼的巧合，全世界專門負責異界生物的各大機關都傳出了雷同的結果，沒有任何一位異界生物有被人間大結界遣返，就連早已魔力疲乏、全身癱軟的異界生物也不例外。

人間突然莫名的喪失遣返結界了！

慌亂馬上在人間散播開來，秘警署望著各種抱持一日遊心態光臨人間的異界生物，完全不知該怎麼辦。

要說他們擅闖人間，他們的確是擅闖無誤，但要說他們罪大惡極，卻也沒有，充其量只是搞不懂人間貨幣的使用方法，但這一點他們都很有誠意的拿出一堆貴金屬寶石來抵債……

看著店家自己都笑到合不攏嘴的模樣，執法單位最多就只能暫時以等待遣返的名義請他們待在隔離所一晚，但是……現在人間大結界卻突然失效了！誰都不知道要怎麼手動把這群遊客送返。

看著隔離所內的各種妖物精怪，秘警署一個頭兩個大了……

而且這種真相無法隱瞞，一定會有異界生物察覺到異狀，到時候隔離所不發生暴動才怪！

果不其然，當隔離所內有位水精使勁消耗魔力卻依然沒有被送返回仙界，同處一室的室友們都瞠目結舌的望著疲憊的水精，一時間無法理解發生了什麼事情、進入不了狀況。

隨後一個、兩個……這群異界生物開始都效法著水精的方法，得到相同的結果後，他們才驚恐的看向彼此，驚叫聲和咆哮聲轉眼淹沒整座隔離所，秘警署想盡辦法試著安撫他們慌亂的情緒，卻根本不見作用。

「讓我回去，我在神界還有工作要處裡啊！我工作只有請三天假啊！」

「誰叫你把人間當三日遊的……」

「為什麼回不去！是誰騙我說可以輕而易舉回去的！早知道回不去，那我就不來人間玩了！」

「……就算不能輕而易舉回去，也不應該來人間嬉戲吧。」

「老天啊！救人啊！」

「這一點我們也很想哭，好嗎！」

秘警署人員和異界生物的口氣越來越火爆，唇槍舌戰之間，秘警署的人只能無力按著發疼的太陽穴，「天啊，這到底發生什麼事情了……」

另一方面，湛藍天空中點綴著些許紡紗般的薄雲，刺眼的晨曦驅散了些寒意。

看了一眼這片「遼闊爽朗」的天空，琳恩嘆了口氣，不用看報章媒體她也能知道世界大亂了。

「這下人間就真的是自由通行了。」她低聲說著。

少了這一層屏障，接下來只要「王的誓典」失去效力後，發狂的魔族就會不受任何牽制與拘束的直衝人間，踏平眼前所有看到的一切。

到時候不光是人間，緊鄰的神界、夢土、仙界、冥界也都逃不過這場浩劫。

想到這裡，琳恩的雙眼彷彿已經看到六界破敗的模樣了。

但想到這裡都還是想得太早……亞澈的決定影響著六界眾生，一切都端看他的決定。

琳恩打了一聲呵欠。至於現在呢——還是先辦好慶功宴再說吧。

她抬起了頭，看著白板上林文興奮的寫上所羅門法規的最後一條定則。完完整整條列的十大定則，還真的讓他全數解析完了。

看著林文跳上跳下的模樣活像是忙著存糧好過冬的花栗鼠，讓琳恩不禁發笑起來。琳恩從來沒見過林文如此興奮的樣子，儘管她很清楚林文興奮的原因是什麼。

「琳恩，這樣妳就可以回去了！而且——」林文抓著琳恩的肩高興的喊道。

「噓。」琳恩比了個噤聲的手勢，指著旁邊。

望向琳恩所指的方向，亞澈緩緩推開門，向他們揮了揮手，臉上掛著不自然的微笑。

亞澈看了眼白板上撰寫的定則，愣了一下，隨即加深了臉上的笑意。

「恭喜林文，琳恩妳也是，這樣妳就可以回去了對吧？」亞澈搔了搔臉頰，有些尷尬的說著：「剛好我也有事情要宣布，今晚就當作我請客來慶祝吧。」

「呃，也是可以。」林文望著相對保持沉默的琳恩，點頭同意。

「那真是太好了，由乃那邊我會聯絡的。地點就選定上次由乃帶我去的那間餐廳吧，那家店……很是美味。」亞澈瞇著眼繼續說著，強顏歡笑的痕跡如此明顯，但琳恩和林文都體貼的沒有戳破。

看著亞澈語畢後拿起手機和由乃不斷確認著各項事宜，林文突然心底泛起了一股不安的預感，但卻又毫無苗頭可尋。

不知道為什麼，亞澈的背影在他眼中有種悲傷的情懷，就連掛在嘴上的微笑都讓人心生憐憫。

「琳恩，妳有沒有覺得哪裡怪怪的？」林文抓抓頭皮，說不出半點頭緒。

「全部。」琳恩淡淡的說。

「妳說什麼？」林文眨了眨眼，不確定的盯著琳恩。

「我指所有的一切。」琳恩深吸了口氣，眼簾垂落的同時，嘴角漾出了神秘的微笑，「別想太多，今晚謎底就會揭曉了。」

心不在焉的拍了拍林文毛亂的頭髮，琳恩看著少了人間大結界的蒼穹。

天空不知何時已然一碧如洗，連一絲白絮都不存在的蒼藍，晴朗得彷彿暴風雨前的寧靜。

※　　※◆※　　※

夕陽早已消退，大地籠罩上一層暮色的薄紗。當天下午五點四十分，一道人影匆匆忙忙的從魔法工程學大樓中衝了出來。

人影一邊跑著，耳際旁還貼著手機，不停的確認道：「是，沒錯，你只要幫我們這一次就好了。」

「可以的，不會有問題的。」手機對面傳來答覆的話音。

「好、好，那再聯絡吧。」

由乃好不容易才鬆了口氣的掛掉電話，看了眼路旁街道櫥窗反射出的倒影，映在櫥窗中的她掛著濃濃的黑眼圈，頭髮沒有光澤，髮尾甚至還毛躁分岔，身上的衣服還是那種為了怕被機油弄黑而特別穿上的便宜素色衣，和她身邊所有的一切都顯得格格不入。

她是真的有股衝動想衝到最近的百貨公司裡，抓著隨便一個塑膠模特兒身上的衣服就全包下了，反正一定比她現在的穿著還要好看……但是看看手錶，她早已遲到十分鐘了。

衡量了一下得失，比起打扮的衝動，她向亞澈報喜的衝動更為雀躍。想到這裡，由乃從包包中隨手抓出一條綁資料的橡皮筋，就這樣在眾目睽睽下綁了個馬尾，看著櫥窗倒影的自己，這已經是她現階段能為外貌做的最大努力了。

由乃吸了一大口氣，揹著沉重的後背包，在時尚的東區上拔腿狂奔。

喘著氣，看著當初人滿為患的涮涮鍋店，由乃微張著嘴，一臉不可思議。來來往往的路人中，不少人心情愉悅的走到店門口最後卻敗興而歸，但這也是沒辦法的事。誰教透明光潔的玻璃門上貼著一張精心設計的秀緻卡片，寫明著今晚被包場的事實，而裡頭也坐了滿滿的人。

由乃困惑的拿起手機來再三確認，確實沒有錯，亞澈所訂的店就是眼前的這家，店名沒錯，地址也沒錯……但卻是包場？

她有些不確定的推開玻璃門，才剛推開，兩旁的服務生就湊近示意接手由乃的包包。看了一眼那女服務生細嫩的手臂，由乃只能搖搖頭拒絕。她可不想害人家這麼快就因工受傷。

「請問是由乃小姐嗎？」服務生畢恭畢敬的問著。

「……對。」由乃愣愣的點頭。

「請跟我來。」女服務生體貼的帶位。

隨著女服務生的指引，由乃才發覺到現場詭異的地方，剛剛坐得滿滿的人是跑去哪裡了？從窗外往內看明明座無虛席，怎麼現在裡頭卻完全沒看到半個人影？

「由乃妳來了？」亞澈的手伸到半空中，招呼著由乃。

看著偌大的餐廳只有他們四個人，由乃整個人很不習慣起來。

「我剛剛以為裡面都坐滿了人……」由乃將肩上的包包放到了鄰桌的空椅上，冰冷的椅墊證明剛剛並沒有人在這裡坐過。

「那是幻術，我怕要是包下了整場卻剩一堆空位，會引來糾紛，所以施了點幻術……從外往內看會坐滿了人，可其實裡頭沒有半個人。」亞澈輕笑著，話語中有著些許得意。

「我以為你只會言靈……」由乃驚異的說著。沒想到在不知不覺中，亞澈的變化已經超出自己的認知了。

「人總是要成長的。」亞澈苦笑道。

他的笑容裡包含太多錯綜複雜的意涵，讓由乃和林文不禁語塞。

琳恩則聳了聳肩，熟練的開始幫忙烹煮，在一旁靜觀著三人間的互動。

她眼角的餘光掃過了偌大空曠的餐廳，視線由左而右。等掃視完畢之時，琳恩的嘴角噙著一分玩味，笑而不語。

對琳恩來說，六界變成什麼模樣，其實她並不是很在乎。畢竟對於六界來說，她終究只是個局外人，既沒有鄉土的情懷也沒有成長的回憶。

所以她在乎的只有那些她認識的人，要是真的發生了什麼事，以她的能力要保這些朋友安全，應該也綽綽有餘。

想到這裡，琳恩笑笑的將鍋蓋用指尖拎了起來。

濃郁的大骨香味頓時溢散，鮮綠、翠紅的拼盤上，各種食材錯落有致的排列，讓圍坐在桌邊的人都吞了吞口水，胃底一番蠕動。

看著琳瑯滿目的菜，林文和由乃早就放開懷的吃了，亞澈只是淺笑著適時倒上紅酒，陳年歲月釀出的芬芳若有似無的點綴其中。

欣喜的神情，愉悅的笑聲，逐漸在桌上瀰漫了開來。

看著這番光景，亞澈搖了搖手中的高腳杯，水晶燈的光輝穿過紫紅色澤霞映在他的臉上。

他很享受的和林文、由乃與琳恩閒談著。

亞澈臉上的神情不再生硬，覺醒前那一直掛在臉上的溫和靦腆終於回歸，那是好久不曾出現在他臉上的真正笑容。

聆聽著他的歡笑，林文內心的罪惡感終於減輕不少。

雖然是不得不為的舉動，但林文始終覺得，是他讓亞澈在幾個晝夜間強迫長大，醒過來的他雖然控制了心性，但臉上的神情卻始終沒有輕鬆過，眉頭總是深鎖，即便有笑也都是強顏歡笑。所以現在看到他發自心底的笑容時，林文心中的大石才終於放下了。

「你知道嗎？耀慶前幾天才被我凶到，他竟然跟秘警署的人扯說七彩母獅重新回歸了……嗝。」臉頰微紅的由乃，微醺爬上了她的頸脖。

「我一不在妳的身邊，妳就這樣亂來，虧我還想稱讚說妳最近脾氣收斂了很多。」用雙指點著紅潤的少女前額，極度複雜的感情交錯在亞澈的面容上。

「你才知道！」由乃站起身，搖晃的身姿讓亞澈手高舉在一旁隨時準備上前攙扶。但由乃驕傲的挺起胸，雙手扠在腰間上，手中的高腳杯晃蕩，眼見高腳杯要摔落地面的當下，被琳恩機警的在半空中托了過來。

「我啊……嗝……為了你，努力學習當一個淑女，聽到了沒有！你要心存感澈！」由乃禁不住酒勁，身子一口氣全壓在亞澈身上，好幾天沒有洗澡的汗味和油垢味夾雜著芳香劑和紅酒味，全朝亞澈湧了過來。

但亞澈什麼都沒說，甚至連眉頭都沒有皺半下。他只是抱著由乃的同時撫摸著她那毛躁分岔的頭髮，宛如撫摸著嬰兒般的輕柔和小心。

這可能是其他人沒有辦法了解的舉動，但對他來說，這就是眼前他最珍貴的事物之一。也許由乃沒有像模特兒般前凸後翹的魔鬼身材，連頭髮都沒有整理好，甚至仔細看的話之前才刮乾淨的腿毛早已又爬了出來。

但這就是他眼中活得最美麗的由乃。從他們相識之初，她就是一派的任意妄為，思考永遠追不上身體，想到什麼就先做再說，他們不知道為了這個壞習慣吵了多少次架。

亞澈總是追逐在她的身後，為她的衝動懊惱、為她的直率苦笑。但就是這樣的她，在自己眼中發光發熱。

啊……說不定他是羨慕由乃的。

亞澈摟著在他懷中鑽來鬧去的由乃，心底苦澀又甜蜜的笑了。

這樣從不在乎周圍眼光的由乃，隨著熟識越來越懂得克制自己，這是因為成長的緣故嗎？

不……應該是因為他的緣故吧？所以由乃不習慣的壓抑著自己。好幾次由乃都想要衝上前直接把炸彈扔出去炸個昏天黑地，但到最後她都還是選擇了待在他的身邊……

「不是說要當個淑女？怎麼感覺妳現在比較像隻土撥鼠？再怎麼鑽我的肚子也不會到達地表喔。」亞澈開玩笑的調侃道，同時把自己的前額靠在由乃的額上。他看見了她的瞳孔中映著自己的雙瞳，也許就在這一刻，世界是只屬於他們的，至少在他們的視界裡是如此。

「我想拯救你……亞澈，用盡全……力。」頂著幾分醉意的由乃開口，說著說著淚水毫無徵兆的從眼眶盈出。

一直以來，她都是那個看顧著他背影的人。不論是在醫院禮堂，還是在小鎮那幅「畫中界」裡，就連……最近的那場混戰，她也是那個只能咬著牙、無力的被保護者。

她從來沒有這麼的恨過自己靈竭症的身體。因為這個身體，她幾乎不能使用法術，連學習武術也無能為力，只有機械啟動的魔工學才是她唯一的依靠，但這個依靠……在這些戰鬥中都沒有起到關鍵性的作用。

只能逃跑、拖延、嚇唬……到底是誰稱呼她為百年難得一見的魔工學天才！

由乃很氣憤，氣那個過去沉淪在名聲中，沒發明出更多武器的自己，更氣那個到最後只能在病床旁，握著亞澈無知覺的手的自己。

「我也想拯救妳。」亞澈闔上了眼淡淡說著，再睜開眼時，他臉上沉鬱的笑容中夾雜爽朗，「不，是我要拯救妳。所以要答應我，即便忘記我，妳也能夠自己獨自朝著未來奔跑。林文你們也是，跟你們的相遇，是我這一生中最幸運的一件事。」

林文眨動雙眼，他先看了眼手中的飲料杯，確定自己喝的是果汁、目前沒有喝醉後，他才發覺他完全聽不懂亞澈在說些什麼。

不光是林文，由乃的雙眼還猶帶著淚花，一臉困惑不解的望著亞澈，驚嚇讓她完全酒醒了過來。

「我怎麼可能忘記你，我、我不可能——」由乃支支吾吾的說著。

「會的，你們都會忘記的。」亞澈嘴角綻出了微笑，他心痛的站起身，往後大退了一步，看著完全不了解即將發生什麼的林文等人，哀傷卻歡愉的彎腰致敬。

當椅子隨著亞澈的手勢退回桌下的瞬間，整間餐廳的空氣頓時一變，時間彷彿凝滯了一般，就連音響內的古典樂聲都宛如屏住了呼吸，一股光芒沿著餐廳的桌椅暈染了開來，刺眼的光芒不僅在餐廳內，甚至迴繞在整座島國上空。

那道光猶如極光般絢爛奪目，所有島國上的居民都無法自拔的抬起頭，忘情的仰望著夜空，那是一幅未曾出現在典籍記錄裡的魔法陣——正是亞澈此刻腳底下運行不止的魔法陣。

「永別了。」

亞澈的淚水無聲滴落，深沉悠遠的哀傷讓他的五官皺成了一團，幾乎是用哭喊的，他唱起咒：「往昔時痕鑿憶，故存於思，今時滯斷憶，故亡心矣。」

那島國上的天光順著亞澈的唱誦，發出璀璨耀眼的光輝，一道道無形的鎖鏈把所有和亞澈有關聯的人們拘禁住，這些人的眼底都空洞了一剎那，巴士司機、超商店員、學校教師、同窗同學……就連林文和由乃也不例外。

僅僅只有短短幾秒間，遼闊天際上的魔法陣就這樣無聲無息的消失了，迅速得彷彿剛剛只不過是所有人產生了幾秒間錯覺。

但林文和由乃空洞茫然的雙眼卻是貨真價實的。亞澈幾乎是用力咬著下脣，才能不讓自己哭出聲來。

這樣……人間就不會有人知道自己的存在了。亞澈不忍的轉過身子，低下的雙手緊緊握拳顫抖著。

空間就此寂靜——卻維持不了太久。

「所以這就是為什麼這間餐廳的桌椅擺得如此詭異的原因啊。」

一道聲音從林文和由乃中間傳出。

琳恩蹺著腳，露出修長美豔的長腿，撥動幾下自己的紫髮，她饒富趣味的看著震驚不已的亞澈。

「啊？不要太驚訝，這不是說我的位階比亞里斯的血脈高，而是我根本不在六界位階之內，既然沒有上下之分，那這種講究位階關係的記憶法術對我當然不可能會有作用。」琳恩雙眼微瞇，白纖的手指搖曳著香檳，隔著酒杯的氣泡完全遮掩不住她那饒富趣味的媚笑。

「我有想過可能對妳會失敗，但沒想到會成真……」亞澈為難的呻吟著。

「所以……要殺我滅口？」琳恩壞笑的指了指自己，「我想你不可能這麼做吧。」

「我怎麼可能對琳恩妳做出這種事情，只是……可以請妳保持沉默嗎？只要兩個禮拜。兩個禮拜之後，一切塵埃落定時妳還是想說的話，就隨妳了吧。」亞澈搖搖頭，苦澀的笑著。

對他來說，琳恩也是他的恩人之一。如果是亞里斯的話，或許下得了手吧？但他的話……他沒辦法。

亞澈的極限就是讓所有人忘記自己。若要他將無辜的朋友和家人犧牲掉，就只是為了隱瞞自己的存在，他做不到，真的做不到。

「好啊，可以啊！」

琳恩痛飲著杯中的香檳，直接爽快的同意，速度快得讓亞澈愕然，一時間無法意識過來。

「我說，可以……不只兩個禮拜，就算接下來都保持沉默也可以，需要訂契約嗎？可是訂契約的話，你的下落就會被記憶復甦的他們反追蹤到喔。」望著亞澈驚訝的模樣，琳恩聳聳肩，全然不在意的說著。

「他們不可能想起我的。」亞澈神情錯愕的呢喃。

「亞澈，不要小看人類了。」琳恩挑了挑眉，狡黠的彎起嘴角。

「琳恩……我以為只有人類才會自欺欺人。」

「嘖嘖，自欺欺人的到底是誰？」琳恩自信的晃了晃食指，「我在觀測者當中，嗯……大概就是專門記述歷史的過程中，看過太多案例了。到頭來你也還是跟那些異族一樣，小瞧了人類啊！」

「怎、怎麼可能？」亞澈張大了雙眼。

「我以為你早就體會到人類的強悍了。」琳恩站了起身，白細的手臂一手抓一隻，就這樣攔腰抱起林文和由乃，「現在看來你還是太嫩了。」

「琳恩！」亞澈看著用腳將大門踹飛的琳恩，手伸了伸，原本想要幫忙攙扶，直到這時他才發覺到自己早已喪失立場了，「我……」

「放心吧，我向來一言九鼎的！你啊……就等著白馬公主來救你這位王子吧。」

琳恩輕哼著拋下話語，隨即消失在廣闊的人群當中。

※　※◆※　※

由乃和林文的消失，頓時讓餐廳裡為之騷動。

李雲帶著人馬從廚房走了出來，看著始終佇足原地的亞澈眼中一絲希冀猶存的神情，他不安的低語著：「怎麼辦？要追上去嗎？」

「不用。你們說儀式最快也要兩個禮拜後才能進行對吧？」亞澈嘆息著，但眼裡些許的溫和卻仍未消散，也許是因為此刻廣闊的人間，至少還有一位朋友記得他的緣故吧？他原先不安的心底感到了些許的安慰。

「這段等待封印儀式的時間，我會安分守己的待在你們所吩咐的地方，剩下的就拜託你們了。」

「是的。」

踏出店門，站在五光十色的霓虹燈光之下，李雲咬緊嘴脣，望著早已不見琳恩身影的大道上。

其實他理智上也相信琳恩的承諾，越是高階的精神生命體，就越不可能違背自己的承諾，這可是種會產生嚴重反噬的言靈，甚至可能導致死亡……但剛剛那惡魔女僕不斷輕諾著，完全不忌諱任何的危險，言談間彷彿林文等人記憶的甦醒是早已注定似的。

「……這怎麼可能？那一定只是虛張聲勢！」

李雲低聲痛斥著那愚蠢的想法，卻怎樣也無法解釋此刻心底盤旋迂迴的不安到底是什麼。

The summon is the salvation of the world

Chap.4 已經一團亂了還來駭客？

整齊排列的藏書，一塵不染的地板，天花板的光打在地上都還能反射回眼中；空氣中飄蕩著若有似無的羊皮紙味，掛在正中央的電子白板突兀得和周圍的古樸書籍格格不入。

看了眼電子看板上條列出的所羅門十大召喚定則，林文反而露出一臉古怪的神情。他搔了搔頭坐在旋轉椅上，就像個無聊到發悶的小孩般，不停的用腳踢著地面，讓視野隨著旋轉椅晃蕩繞圈。

「怎麼?我以為研究計畫完成，你應該會很高興……怎麼反而陷入這種茫然的模樣？」琳恩一如往昔的端著托盤走進來，看著無聊到一個極致的林文，完全沒阻止他虐待椅子，只是嘖嘖稱奇的開口。

「我當然是高興沒錯……但是不知道為什麼，心中總有股失落感，難道這就是所謂的喪失目標嗎？」林文好不容易終於停下了旋轉椅，將下巴靠在椅背上，他眉頭深鎖的說著。

「如果你還想要繼續研究的話，應該還是有東西可以研究吧?諸如觸媒、召喚咒文之類的。」琳恩扳著手指細數著。

「不是……我也不了解自己，但是我總覺得不是失去目標這種鳥事。」林文抓著腦袋，彷彿想要透過手勁把大腦擠出些什麼似的，「真要形容的話，大概就像是好不容易考到一百分，卻沒有拿到糖的那種感覺。」

「這句話是在暗示我要鼓勵你的意思嗎？」琳恩噗哧一聲笑了出來，一對眼眸笑彎了。她上前摸著林文的頭，故意稱讚道：「好吧。好棒棒喔，需要我去為你削蘋果、放煙火嗎？」

林文只是無奈的翻了一瞬白眼，悶悶的甩落了琳恩的手。

說起來，他還記得自己是什麼時候將研究全數完成的。即便現在回想起來，心中也還是有一點悸動。

但是心頭揮散不去的失落感，卻將那一點悸動全數淹沒了。

重點就在於他連他失落了什麼都說不清楚，這種說不出任何緣由的低落……林文不安的望了眼上星期教育部發給他的電子公文檔案，裡頭的其中一項寫到工作壓力過大有可能會產生憂鬱傾向，甚至是憂鬱症！

「不會吧？這太可笑了……研究全做完了才得到憂鬱症，是在憂鬱什麼？難道嫌生活過太爽？這樣去找醫生會不會被醫生白眼啊？還是我真的得到了『不研究就會死』的病？」林文一邊沉吟，一邊望著天花板。

琳恩退出了研究室，身體緊靠在門後，憋笑到全身都抖動了起來。

這幾天，林文是有找她談過什麼時候要將她送返回去的時機。

但她全都拒絕了。

琳恩興意闌珊的揮了揮手，表示自己完全不著急，眼下這島國的百貨公司周年慶都快開始了，只剩下兩個多禮拜，這時間點回去實在太吃虧。況且她來人間都好幾年了，完全沒有差那十天半月。

林文聽完怔了怔，既然身為當事人的她都不急了，他當然也沒有什麼好趕的。

就這樣，琳恩順理成章的留在人間。

想到這裡……靠在門後的琳恩，神情突然一陣扭曲，一灘緋紅從她的圍裙側綻出，她吐了吐舌頭將衣角拉了起來，果然傷口又裂開了。

她和林文提到兩個禮拜後再讓自己送返回去時，不過是提到了和亞澈所協議保密的時間點，言靈的反噬就毫不留情撕裂了她的身體。

撫了撫傷口，琳恩難得的露出苦笑。

因為是自己的言靈反噬，所以這道傷口完全無法仰賴法術治療，但是如果叫林文給自己一些言靈反噬的藥草的話，只要引起了林文的疑竇……恐怕這傷口大概會加劇到她瞬間死亡的程度吧。

「說話的技巧嗎？這也太為難我了，在人間的菜市場待了那麼多年，八卦交流的心早就成長茁壯到不可小覷的地步了，突然間要我小心翼翼的與人交談……」琳恩輕嘆，真的要她比較，她寧願再跟一打的罪業會成員對峙，也不想被自己的言靈束縛。

「這就是『人最大的敵人是自己』的意思嗎？」

琳恩抿著唇，錯誤的理解著人間的諺語，不慌不忙的將銀托盤夾在臂下，銀亮的圓盤不偏不倚的剛剛好遮住那抹緋紅。

這大概是她這輩子最謹言慎行的時日吧？琳恩在心中自嘲道。

以白磁磚為底的大樓豎立在路旁，反射著理論上應該會讓熙來攘往的行人被閃瞎眼的刺眼陽光，但幾乎沒有路人有摀住眼睛的動作，他們只是一派自然……不，根本就是沒注意到的走在大道上。

只有極少數的人認出了這棟建築，遮著眼頂著刺眼陽光，匆匆的跑進大樓內。

一進到大樓大廳內，就可以看到天主教特有的十字架圖紋，門口兩側的警衛腰際上掛著的並非外面警衛常用的警棍和電擊槍，而是符紙和桃木劍……

放眼看過去，大概可以從人身上的裝扮和儀器猜出這裡是醫院，例如點滴架，又或者繃帶、石膏之類的。

但再更細眼看過之後，便會非常猶豫自己的猜測——這裡的病患有點異於常人，又或者是根本就不是人！

各種妖怪、精怪，甚至隱約還可以看到天使和惡魔穿插在其中。

自從神秘的人間大結界消失後，來到人間的異界生物所造成的紛亂遠勝以往，畢竟以前是打到一半魔力不足就被遣返回各自的界域，但現在是……打到死都不會讓你回去！

所以多少無知又無腦，沒有更新旅遊資……不，是人間資訊的異界生物，一個沒注意就打得頭破血流，甚至有的還真的就掛在人間了！

看著因為鬧事而受傷掛彩的異界生物，秘警署真的湧起一股衝動想要直接把這些白痴送去投胎，但這些白痴有的後臺真的很硬……

所以秉持著友善（憤怒）和關愛（欠揍）的原則，原本僅供秘警署專用的醫療院所，就這樣於本年本月份正式神隱在普通民眾的視野內，轉而對異界生物開放醫療服務。

只是在送上救護車之前，隨車的醫療人員都會帶著詭異又絢爛的笑容要求那些異界生物簽同意書。同意書上面琳瑯滿目的撰寫著一堆內容，但在白紙黑字的內文中，有一行句子被特別的用紅色字體放大加粗甚至畫上底線，並單獨用六界文字翻譯著——

「本醫院從來沒有醫治異界生物的歷史過，還請病患小心，諸如您的心臟其實是在手臂上請提早告知，不然靜脈注射可能會瞬間要您的命。」

不少異界生物在看到這句話之後就跳下了車，寧願帶著傷、多花幾分力打通次元、自行回到各自界域，也不想給人間的醫院賭命！

結果就是……真正來到這間醫院的異界生物還是有，但都是一些輕傷到醫生護士很想叫他們自己口水抹一抹就可以的傷勢。

真正的重症病患也還是有，但少之又少，會送到醫院內的，絕大多數都是重傷到連跳下救護車的力氣都沒有的傷患。

「不要這麼刺激好不好……不是那種根本不需要開刀的病人，不然就是開了也是九死一生的患者，這是極端的M型分布啊！」位於急診室的醫生全身沾滿紫色血水的掩面大喊著。

「李醫生，又來個急診病患，他……我不知道怎麼測脈搏！」

一道嗓音從他腰際的無線電飆喊出來。

「種族是……」李醫生雙眼神色已經開始渙散了。

「全身由水構成的水精靈……」無線電的另一端語氣非常的絕望。

「乾脆……交給廢水處理廠？」李醫生呢喃著，「水的話，他們應該是專家。」

「……那是直接開死亡證明的意思嗎？」對方狐疑的反問。

李醫生只能無言以對，他的頭從來沒有這麼痛過！可能是高血壓又或者低血壓之類的吧？吃藥的話或許可以舒緩，但只要人間大結界一天不回來，他有預感他的頭痛永遠都不會康復。想到這裡，他原本低垂的頭就更加垂下了。

因為李醫生正在垂頭喪氣，所以他完全沒有發覺到一抹黑影從急診間外像隻老鼠般的快速竄過，這活像怕被裡頭的人察覺到的舉動，讓所有注視到少女的人不禁多看了兩眼。

由乃小心翼翼的從職員專用通道繞過了人人面如死灰的急診室，腳步放得奇輕無比，就連呼吸都屏住，不敢讓裡頭的人察覺到她的存在。

根據她剛剛隨便一窺的結果，果然人生之中沒有最絕望，只有更絕望。每個醫生和護士都彷彿背負數千萬欠債的模樣，只要救護車的到來通知響起，每個人都只是雙眼泛著淚光的緩緩起身，那副模樣……比起人類更像喪屍啊！

結果這裡是什麼時候變得這麼熱鬧的？由乃完全摸不著頭緒。

當天早上，她接過了醫院打來的電話，要她立刻、馬上、現在殺到醫院來幫忙，醫院已經忙碌到連貓的手都想借的地步了。

「拜託妳了！反正妳一天不去魔工研究室應該也不會怎樣吧！」

聲音中的迫切，即便透過電話，也完全沒有淡化的蹤跡。

聽著電話另一頭懇求的內容，由乃用手指捲了捲髮尾，思緒停留在對方開口的語句中。

「……又一個說我這些天都浸在魔工研究室的人。」她重複的呻吟著。

從由乃醒過來之後，遇到的人不管是電話又或者會面，所有人都帶著詫異的表情，活像是「她怎麼出現在這裡」的神情。

閒聊哈拉之中，大家都對於她終於肯離開魔工研究室而感到高興，因為根據他們所言，她努力的程度到讓人懷疑會不會過勞猝死了！

每一個人都知道她這些天在魔工研究室裡頭忙得不可開交，但卻沒有一個人知道她在忙些什麼。說實話，她也記得她有去魔工研究室裡頭，甚至費盡苦心的設計建造著某種儀器，但是……此刻的她卻完全忘記自己到底是為了什麼如此廢寢忘食，就連儀器的模樣都只有著模糊的印象。

呼了口氣出來，淡淡的酒氣從口中散出，讓由乃皺了皺眉，「難道是我喝酒喝到傻了？」

雖然這想法聽起來很荒謬，但眼下她左思右想就只有這種可能。

但沒有道理啊……斷片失憶應該是不記得喝酒的過程中所發生的事情。此外，也不可能是酒精中毒吧？難道她是用腦袋代謝酒精的？真的如此，她大概可以登上諾貝爾醫學獎的殿堂了。

……所以只有一種可能了吧？

「我跑去魔工研究室，喝了長達兩個禮拜的酒，斷片了兩個禮拜？」她一邊說著，一邊自己都發笑了起來，真是如此的話，沒有猛爆性肝炎還真的是上帝保佑。

「笑！妳還笑！有沒有人性啊妳！」

電話的另一頭已經化悲憤為怒火的吼了出來。

由乃只能連忙點頭承諾會趕過去，護理長才悻悻然的掛掉了電話。

摸了摸自己的胸口安撫，由乃很認真的考慮……是不是應該要帶鈣片做伴手禮啊？感覺現代人缺鈣暴怒的症狀越來越嚴重了呀！

鬼鬼祟祟的混雜在人群之中，由乃完全不敢和醫院內的工作人員對上眼，尤其是越熟識的人，她就越是拉起帽兜，撇過身去彷彿希望自己融入空氣中的樣子。

說實話，由乃一直深深的覺得，自己所待的這間醫院是天使的外表，魔鬼的內心。

在以往的承平年代，大家都還會維持著最低限度的醫者父母心，至於現在……大家當然還是醫者父母心，只不過是那種東方思維的恨鐵不成鋼外加不打不成器的集大成版！

看著那些病患都被吼得跟龜兒子沒兩樣的模樣，她完全不想出現在此刻那些人的面前，到時候被嘮叨的程度，只怕耳塞也撐不住。

好不容易終於偷偷到了自己的地盤，由乃這才鬆了口氣，瞄了眼左方牆壁上掛著的樓層指引，白底普魯士藍的字體，端莊秀麗的寫著「靈竭症慢性樓層」。

幾乎是她歡愉的用指尖輕觸著指引牌的同時，秀手就在空中被攔截抓了過去，粗厚手繭抓住她的感覺幾乎和刺鼻的消毒水味同時到來。

「還有時間在那邊給妳偷雞摸狗？是不知道我們這裡都快要炸了嗎？」護理長氣勢萬鈞的一邊拉著由乃的手大步快走，一邊怒喊著。

從手上傳來的強大力道，讓由乃完全放棄抵抗，看著圍觀者嗤笑的神情，她不禁心寒……這種無限貼近於逼良為娼的畫面真的有這麼好笑嗎？

不顧周遭的注目，護理長豪邁的把由乃拉到護理站內，拉了一張椅子出來，用眼神示意由乃坐下。護理長雙手扠腰，眼神淩厲的瞪著由乃不放；看著那對深棕眼眸，由乃明明沒有做什麼壞事，卻莫名的心虛了起來。

「由乃，我知道妳的護理學從來沒有修過，連四十分都沒有的死當，所以我當初從來沒有拜託妳過來幫忙進行護理工作。」護理長清了清喉嚨緩緩的開口了，說歸說，眼神卻沒有放過由乃的一舉一動。

「我只有當初只有拜託妳把醫院系統給搞好，但是！」講到這裡，護理長突然停住了。

……人生最機車的就是這個「但是」。

由乃嘶了嘶口水，她知道自己是有一段時間沒來維修系統了，但這間醫院根本沒有什麼機密好防範的，在每次來都沒有看到任何攻擊的情況下，她也就漸漸開始三天打魚兩天曬網了。

「我們的系統前幾天被攻擊了！」護理長將桌上的電腦螢幕整臺翻轉過來，看著系統顯示的一連串不知道幾位數的攻擊次數，由乃自己都傻眼了。

「所以我們的系統被毀了？」由乃微張著嘴，她喃喃道：「哪一位無聊人士啊……竟然想要駭這麼無趣的地方。」

「這麼無趣還真是抱歉啊。」護理長冷笑道。

「啊！不是啦，妳知道的無趣就是平凡，平凡就是幸福嘛！」由乃連忙摀住嘴，趕緊改口陪笑。

護理長深吸了口氣，「總之，不清楚對方的目的，但靈竭症的資料庫已經全數被竄改了。」

整間醫院都被對方的駭客入侵，但對方沒有竊取任何病患資料，甚至也沒有破壞醫療儀器程式，只是將整間醫院的資料庫做了些許的更動。

而那些許的更動……就是靈竭症的資料庫，特別是提供魔力人士的檔案。

在目前的庫藏中，有百分之八十三都是由同一位人士所提供的魔力，而經過入侵後，那一位人士的檔案自此消失。

沒有人知道那位人士的名字、身高、年齡，甚至連對方到底是不是人都不知道，完全下落不明了！

「所以我們需要妳修復檔案，對方如此的善行，就算不是為了日後的打算，只是單純的感謝，我們也不應該完全沒有對方的半點資訊。」護理長嘆了口氣。

由乃聽到這裡只能泛出苦笑，她的手剛剛就在鍵盤上操作了幾次，但完全找不到對方的蹤跡。

那名駭客——不，應該是那「群」駭客，不是那種業餘人士，而是真正專業的行家。從入侵到破解完全的系統化破壞，但卻又在離開之後，把所有的檔案復原，從摧毀到重建都一手包辦。

也就是說，現在醫院的整個系統根本都是駭客所建立的。

用對方所製造的系統去找出對方的門路，甚至找回那被抹消掉的人事資料……根本是痴人說夢。

這就好比對方把你家毀了，然後再重建了一間看起來很像的房子還你，然後你身在對方所建造的房子內，想要重新依據鋼筋屋瓦的變動進而找出舊址的遺跡……別鬧了，乾脆自己打掉重蓋還比較快！

「我如果跟妳說，我無能為力，妳能接受嗎？」由乃想了想，腦海中閃過各種千奇百怪的方法，但結果都宣告失敗。

「真的沒有辦法？」護理長質疑的瞇起了雙眼。

「我說……這位善心人士要是真的捐了這麼多魔力，一定有門路啊……又不是什麼現代羅賓漢。儲靈儀的使用都需要登記的，誰拿了這麼大量的儲靈儀，誰就一定知道這位仁兄是誰啊！」由乃攤了攤手，翻了翻電腦旁的儲靈儀登記簿，她敲了敲紙板，這應該是現在她所能想到最實際的方法了。

「重點就是，沒有人記得這麼大量的儲靈儀是誰提供的，甚至問過醫院內的人，都說沒人有印象有這位善人。」護理長講到這裡，自己都覺得匪夷所思，但這就是事實無誤。

明明這島國的靈竭症患者，現在人人都在使用這位善人的魔力，卻沒人對他有印象，甚至連臉孔都未曾見過，要不是魔力是真真正正的確實存在，她說不定會以為這些被刪掉的資料只是系統上的錯誤。

「總而言之，我會重新建立起屏障，只是面對這麼專業的高手，我這種業餘人士根本擋不到幾秒鐘，你們還是要花錢請系統承包商才有可能。」由乃扁了扁嘴。

她沒有說出自己心中所暗想的話，在她這個業餘的看來……要找出能夠防範這麼專業的駭客的系統商，那可能是一位難求的。

由乃一邊說著，手指在鍵盤上流利的舞動著，思索著可能的系統後門。看著那一長串的空白提供者欄位，她心中不免激起了一絲的好奇，但也就只有一絲絲。

「人生不為不可挽回的懊惱」是她的座右銘，反正對方既然這麼有熱誠捐贈魔力，在未來的日子一定還有碰到的機會。

想到這裡，由乃的表情漾出了微笑，她輕快的按下了鍵盤上的「ENTER」鍵，由0與1所構成的壁壘在她的眼前重新建築起來，高聳入天得讓一般駭客絕對無法入侵。

「也只能這樣了。」護理長按了按痠痛的肩頸，無奈的接受了眼前的現況。

※　※◆※　※

喀什米爾羊毛織成的米黃地毯鋪滿了整個室內，讓空調所帶來的冷氣不會透過大理石磁磚冰冷住客的腳；一旁還有檜木製成的沙發和桌椅、帶著千年歲月的珍貴薰香……無論何者都透露出無比的奢華來，但不是所有人都會對眼前的這一切感到心動。

至少眼下房間的主人——少年只是癱在床上，一動也不動。而由系統調節的智慧型燈光，感應到房間內那人的視線正直視光源，自動轉為夜燈，將刺眼的白熾光熄掉。

亞澈從來沒有感覺到時間過得如此艱辛，和林文、琳恩與由乃他們相處時，時間彷彿多長了對翅膀，總是一眨眼就從指縫間溜過。
那時他總是以為那樣的時光永遠不會消停。
但是現在他知道……他錯了，沒有永恆的時間，也沒有不會終止的幸福，而將這一切都統統捨棄掉的不怪別人，正是他自己。
罪業會給了亞澈很大的自由，他們完全不控制他的行蹤，甚至還送上各種服務，不論是成年的或者未成年的……
但他連看都懶得看，就是這個時候，他才發現……原來等死也是需要天分的。
舒適的冷氣中，突然竄入了一絲的刺骨感覺，並在心底深處蔓延開來，延著血液傳達到了全身。亞澈眨了眨眼，神情一怔閉上了雙眼，進入了另外一個世界。
「你這次的反應很快，沒有讓我多花心力了。」幽暗之中亞里斯讚許道。
但亞澈卻沒有半分高興，因為眼前的世界只有一片虛無與黑暗，就連亞里斯本人也是半模糊的影像。
「傳承了你的記憶，還沒辦法反應過來不就太糟糕了？」亞澈苦澀的淡笑。
「傳承嗎……」亞里斯輕哼了口氣，「我倒沒想到這詞彙，當初只是覺得……

記憶應該遠勝過一切。」

「這倒是真的，至少我只花了短短幾秒鐘，就了解你在想什麼了。」亞澈頷首同意。

「所以我的計畫、我的理想……」亞里斯垂下眼簾。

「統統都會由我接手的。」亞澈的臉色雖然蒼白，但眼神卻堅定不移。

看著亞澈的神情，亞里斯沒有再多說些什麼，他沉默了片刻，用極為複雜的神情望向亞澈。

「我聽說……你把所有記得你的人的記憶都抹去了。」

「別想太多，這只不過是破釜沉舟，有些時候沒有退路，才會更懂得向前跨步。」亞澈撇過頭，陰影蒙上了他的臉龐，使得亞里斯完全看不出他的神情。

「看樣子你很懂得逼自己。」亞里斯輕笑了出來。

「因為我不是你，我沒辦法這麼……理性。」亞澈艱困的選了這個字眼，「所以我只好這樣做，至少就目前看來，是成功的。」

「沒有人可以突破我們的言靈，所以那位觀測者的話語，終究只是一場幻夢。

時間所剩無幾，你不要留下任何的遺憾啊。」亞里斯叮嚀著，他的身影逐漸朦朧成一團，消失在黑暗中。

不知道是不是錯覺，亞澈在亞里斯消失之前，彷彿窺見到他神情中罕見的一絲落寞。

亞澈緩緩睜開雙眼，他對著空無一人的房間細語，像是對著遠方的亞里斯回應，又像是說服著自己。

「單方面的執念，怎麼成遺憾呢？」

天花板因為自動設定而又轉換成了白晝光，刺眼的光輝不斷扎入亞澈的眼中，等待智慧型燈光再次轉換可能還要幾分鐘吧……但他卻完全沒有挪動頭部閃避，就連閉眼都沒有。

因為亞澈深怕那盈眶的淚水會因為他接下來的舉動而溢出，他雙手捏了捏拳，將鋪平光亮的床單抓出了放射般的皺紋。

他早已決定不再流淚了。

※　　※◆※　　※

空間中充斥著魔力，和人間不同，這裡的每一分空氣、每一寸土地都含有零碎的魔力，成串人龍穿著七種不同色調的服飾、掌持著七種不同的國旗，將夜色的神殿包圍住。

人群重重包圍的萬魔殿，七大王國的護衛全都守在會議室門口，彼此警戒著對方。領著眾惡魔的青年，身穿一身衛士服，頭頂著幽綠玉骨的鹿角，神情嚴肅的看著周邊的所有惡魔。

自從亞澈的身分曝光之後，青年——芽翼便自請受罰，直到最近才從暗室中走了出來，因為希瓦娜需要一個信差。

長達一個月的黑暗，使得即便是微小的燭光也能令他的雙眼痛苦難耐。

但……沒辦法，這一切都是他自己的罪過。

芽翼忘不了亞澈在所有人面前露出的歉疚眼神，那是他來不及阻止第一步的錯誤，結果錯誤像雪球般越滾越大，到現在魔界諸王都沾上了邊，事情早已如推想般一發不可收拾。

最後一次見到亞澈時，他早已不是芽翼記憶裡那靦腆害羞的模樣。倉促的歷練和過早的成熟溶入了亞澈周身的氛圍中，即便是習慣和希瓦娜接觸的芽翼，也不由得屏住呼吸。

但亞澈沒有多說些什麼，沒有道歉、沒有關問，甚至連招呼都只是用眼神示意，就在他以為他們之間的關係已經永遠沒有交集的時候，亞澈卻在轉身之後頓了頓身子，背對著他用非常細微的聲音，在風聲流動之間，說了聲謝謝。

那是他記憶中最後一次聽到亞澈的聲音，而現在他身在魔界，距離亞澈已經不是千萬公里的概念，而是沒有經由次元通道就不會有交集的兩個世界。

想到這裡，思緒稍微沉了沉，前方的騷動讓他的神識回到了現實。

那是兩道人影，長長的影子在魔界的太陽照射下拖曳，光是如此就讓大多數人的目光無法轉移。

那兩人的頭上沒有角，背後也沒有羽翼，就連跨過萬魔殿足以讓所有偽裝現形的結界，身形也沒有產生任何變動。

他們是無庸置疑的人類。

也因為如此，眾魔族不由得騷動了起來，這大概是相隔數百年之後，人類再度來到魔界。

那兩個人身上穿著黑灰色的西服，銀框綴飾巧妙的將過於樸素的款式顛覆了過來，金黃的胸徽所閃動的魔力，隱隱和整座萬魔殿相互共鳴。

石像彷彿在扭曲，畫框彷彿在騷動，就連鎧甲都彷彿呼吸律動了起來……這是在歡迎曾經的主人抑或是時光的記憶，也無人能知了。

「久候多時了，罪業會大祭司和少祭司來訪，還請通報。」李雲的脣嚅了嚅，巧妙的將話語只流入了各國的侍衛耳中。

看著大多數的魔族都還在交頭接耳，門霍然敞開，魔界共七位的王與后，面無表情的望向騷動的廳外，全場頓時安靜得連根針掉落的聲音都能聽見。

「進來吧。」在議廳負責服務的司儀大聲的喊著，磅礡的音量彷彿震得連萬魔殿的石牆都微微撼動。

不少侍衛都抖了一瞬間，但李雲沒有，一旁的大祭司當然更不可能。

他們輕哼了口氣，嘴角上揚了幾許，從容的走入了議廳內，臉上沒有任何懼怕，完全不把議廳內眾王、后那足以刻骨的憎恨放在眼裡。

沉重的石門門扉在他們進入後，緩緩的又合了上去，門上所雕飾的惡魔紋像彷彿受到議廳內的氣氛影響，露出了從來都沒有的猙獰恐怖。

一進到議場，兩人連椅子都還沒有坐暖，一股森冷感猛然的吞噬了他們，空氣彷彿也隨之凝固。

「罪業會……你們竟然敢親自來到我們面前。」絕望之王──蓋庫晃了晃他沉重的龍角，輕輕的鼓起了掌，掌聲極其刺耳、諷刺。

「是不知道你們殺了多少魔族嗎?在場的人可能隨時都會為了自己的兄弟姐妹又或者父母子女就『衝動』了。」惆悵之王──達茲彎起了笑意，但眼底的藐視卻一覽無遺，彷彿他在和某種低劣的昆蟲溝通。

「如果你們只是想要翻舊帳，那我們現在就可以走了。」李末謁雙手十指交錯，完全沒有被空間內沉重的氣勢所壓倒。

「神隱年都是你們搞的，態度還這麼囂張！」殘暴之王──泰勒立刻拍桌站了起來，要不是希瓦娜抓住了他的手，只怕他下一刻就要衝上前去揍人了。

李雲咧了咧嘴，他的聲音比起泰勒實在是太輕渺了，但話語中的鄙視卻完全不受其限制，一字一句彷彿針般刺入了在場的人心中：「如果當初你們有按照亞里斯所說，每隔十年來人間修繕四王之界，神隱年根本是不需要發生的。在指責我們之前，怎不先想想自己的所作所為？諸王們。」

「四王之界」一詞出現，使得整個議廳裡的氣氛微微一變。

「夠了，我以為這一場議事是為了討論亞澈所開的。」比起其他人，相對冷靜的希瓦娜冷哼了聲。

她的話語中潛藏的言靈，讓所有人不得不回歸到了議題。

單單是這一點，就讓大祭司抿嘴打量著希瓦娜。

「所以亞澈什麼時候會回來？」妒忌之后——菈爾斯咬牙的怒瞪著兩人。

「他……不會回來了。」李末謁沉默了片刻，才緩緩講了下去。

當他語畢的那一瞬間，所有的王與后都站了起來，魔力不約而同的醞釀在手，隱伏的魔法視情況就要脫手而出。

「你們將他怎麼了？」希瓦娜臉色一沉，面上的霜冷彷彿能颳起風雪。

「不是我們將他怎麼了，難道諸王真的認為我們能夠拿覺醒的亞里斯血脈怎樣嗎？我們所說的一切都是他自我的意願，如果懷疑我話中的真實，欺瞞之王——迦索應該很樂意幫忙鑑定才是。」李雲指著在議桌旁始終保持沉默的獨角惡魔說道。

感受著眾人的目光，迦索搖了搖頭淡然的說：「他的話語沒有半點謊言，至少現在的我感覺不出。」

聽著迦索的話語，所有人都不敢置信的看了看彼此。根據他們在人間的使節所轉述，亞澈親口承諾會繼承「王的誓典」，這已經不是反悔的問題了，而是在他違背自己的言靈之時，強大的反噬將會吞噬掉他。

依照眾多魔族描述著亞澈如今的狀態和魔力，他的謊言倘若反噬，有可能會讓他瞬間殞命。

「他會在人間繼承『王的誓典』，然後從此永遠不回魔界，又或者……想回來魔界也回不了才是正確的說法。」李雲看準了所有王與后慌張的一瞬，穿插進話題，將場中的注意力又全部攬回到他們這邊。

「他自願被封印在四王之界當中？」希瓦娜呢喃的說著。

「沒錯。」

聽著罪業會的答案，希瓦娜一個踉蹌又坐回了椅上，神情中閃過了各種慌亂和驚恐，她完全無法明白這是怎麼回事。

「然後你們又要為了維持四王之界，繼續神隱年？」憎恨之王——厄翰咬著手指反問道。

「這就是此行我們前來的目的，我們需要修改四王之界，在道義上我們還是必須通知你們……當然，在裡頭時光還是近乎永恆，但是這次我們決定在維持人間大結界的時候，同時將所有多餘的魔力灌注到四王之界中。」

語畢，李雲的手輕按了按手腕上的雷射虛擬顯示器，雷射光頓時將計畫的原圖在眾人面前攤了開來。

這座由夢土、仙界、神界、冥界四位四界之主共同設立的結界，結界中的時間接近停滯，還具有自我修復的能力。要達到這些能耐，四王之界也捨去了許多的機能，例如說：造成結界的不穩定。

包括了許許多多的始料未及在內，例如人間人口數激增，若非罪業會以魔族王族的靈魂不斷在外圍祭獻補強，早在四百多年前就要崩毀。

「但這些都是舊資料了。」李雲說道。

虛擬顯示器跟著他的操作頓時一變，前所未見的圖表出現：魔力的迴路、結界的封印、甚至是需要消耗的魔力量都換算成數據顯現在裡頭。

「也就是接下來的四王之界，不會再因為高漲的魔力而自我瓦解，他的魔力會拿來運用在封印自己的用途，剩餘的魔力越多，封印就會越加牢靠。」李末謌淺笑著，看著諸王驚嘆的神情和希瓦娜的憔悴，他的笑意不斷加深。

「你、你們怎麼知道四王之界的構成?這根本已經佚失了，連我們魔族都沒有記載。」迦索狐疑的說著。

「除了當事人之外，確實沒有人記得。」李末謌搖了搖頭，「但當事人是誰，我應該也不用提了。」

亞里斯……所有的王與后心中不約而同浮現出這個名字，傳說中的魔界之皇，為了魔界而甘願犧牲奉獻自己的唯一皇。

當所有人都沉默不語的時候，一道哀痛的聲音卻撕裂了寂靜。

「告訴我，為什麼那孩子選擇了自我封印？你們一定知道答案吧。」希瓦娜雙眼哀傷的看向李末謁。

「說實話，並不知道，但合理的猜測是……封印是最為有效率的方式吧？」李末謁聳肩，這一點他也有些許的好奇心，但對他來說只要計畫順利進行，剩下的、不必要的，他都可以不在乎。

「效率？」蓋庫皺著眉重複道。

「魔族的壽命不過數百年，但亞里斯都快要死去了，喪失被封印物的存在，封印結界本身自然也會消亡，等到數百年後……亞澈瀕臨壽限之際，你們真的確定異界四王還會協力建立四王之界嗎？神界、夢土、仙界、冥界在不受威脅的情況下，真的會自願出一份心力？我很懷疑。」李末謁冷冷的說著。

其實，就現在的情況來看，亞澈只要繼承「王的誓典」，剩下來的事情對他們來說並沒有差。但是從長遠的眼光來看，那也不過只是把定時炸彈往後撥延到百年之後……

到那個時候，人間依然會再次面臨存亡問題。那麼，最理想的方法當然還是將亞澈封印回四王之界，況且經過這次的改動結界……直到天荒地老、海枯石爛都不會有問題的。

這些話語，原本他們是打算要留到日後慢慢說服亞澈用的，但亞澈卻突然自發的願意受封印，罪業會雖然詫異，卻也沒有拒絕的理由。現在最要緊的事情，就是在亞澈還沒有回心轉意之前，把他逼上絕境然後完成封印。

所以……罪業會幫助了亞澈，將記憶法術擴張到整座島國，緊接著……他們的目標就是亞澈的家鄉，也就是魔界。

如果人間沒有人記得他的存在，就連魔界也都沒有任何人挽留的話，那麼亞澈真的無路可退了。

「不要再來找亞澈了，這是為了他，也是為了你們自己，甚至是為了六界。他的決心……不容許受到任何動搖。」李末謁垂下眼，冷冷的說著。

回應他的是滿室的沉默。

這次他們不遠千里、冒著穿越次元的風險來到了魔界，看著在場諸王痛定思痛的神情，李雲和李末謁表面上不露聲色，實際上卻在心底點頭。

他們深知，此行的目的成功了！

The summon is the salvation of the world

Chap.5 想不到的
合作夥伴

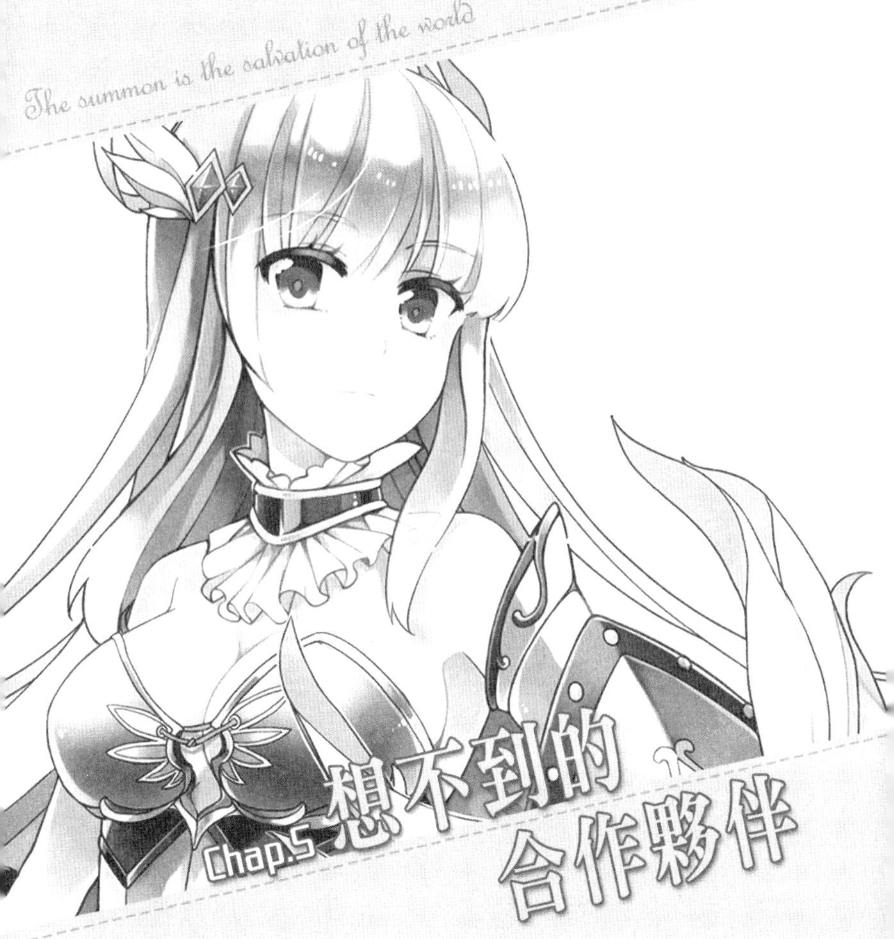

邊發抖邊搓揉著自己的雙臂，男子匆匆打開門狼狽的闖入門內，才剛踏進的第一步，鼻梁上的鏡片立刻現出白濛濛的一片。看著視野陷入了一片白茫，林文露出苦笑。

這幾天島國被冷冽的東北季風灌入，配合著原本就連綿不絕的小雨，讓外頭走路的行人無不將各種防寒措施淋漓盡致的全數用上：羽絨衣、暖暖包、發熱配件……甚至連祛寒藥物都開始熱烈受到歡迎。

鼻頭一癢，林文忍不住的打了個噴嚏，他揉了揉鼻子，看了看四周，一股異樣的陌生感襲上了心頭。

這整層樓都是屬於他的研究中心，雖然除了關鍵的書房外，其他不是被當作客房就是當作倉庫。雖說原本是還有名為研討室的房間存在，但隨著年年都招不到研究生，他也就半自暴自棄的把研討室的名牌拆了，省得看了連自己都覺得哀傷……

搔了搔臉頰，林文不解的打量著這個房間。雖然他確實很少離開書房，逗留的地方不是研究室就是書房，其他最多最多……大概就是廁所吧？

對於自己的研究樓層，林文一直以為他還有著最基礎的認知。

但眼前的這一切，真的讓他很陌生，那是種突兀詭異的陌生。

在他認知裡，他記得這裡應該是客房才對，但此刻這裡的地面上卻擺滿著各種禮品，姑且不論種類，他很確定這些禮品都是來自於魔界，至少都是魔界才特有的特產。

當然……琳恩名義上的身體是魔族沒錯，但她什麼時候跑去瘋團購了？這麼多的量都可以跑去開間魔界特產店了！

林文帶著淺淺的微笑，一點一點的翻找著，看看有沒有什麼有趣的玩意，說起來是沒有什麼特別有趣的玩意，真要值得注意的……應該是被壓在角落的那疊旅遊券，不知道為什麼他在拿到手的當下就有種怒砸的衝動，彷彿這疊旅遊券關係到什麼不可告人的羞恥事似的。

除此之外，讓他感到匪夷所思的地方，大概就是房間本身吧？

雖然房間被收拾得非常整齊，但若有似無的使用痕跡，仔細窺探的話依舊可以發現。

例如部分特別乾淨的地毯、微微被穿出腳形的拖鞋，還有窗簾拉繩的部分有點烏黑……

這……到底是誰住在這裡過？

不要跟他說是琳恩，琳恩的房間整潔得像是樣品屋，別說是烏黑或者灰塵，就連空氣彷彿也是掛有品質認證的，吸起來都感覺肺部特別清新快活。

那當然也不可能是他……所以到底是誰？

千萬不要騙他說，他其實偷偷收了學生——真有這種事情最想召告天下的絕對是他！

林文不知道多少次在校務會議上，被教務處招生組檢討到他無地自容的羞愧低頭，要不是他的學術成就夠格讓他待在這間大學，依照他如此可悲的研究生人數，他早就被趕出教育圈了！哪還能被路人尊稱一聲教授……

那是琳恩的親戚？想到這個想法的同時，他都無奈的苦笑了。

琳恩哪來的親戚？別說她那其實是觀測者的靈魂，就算是惡魔的肉身，琳恩也根本沒有打算經營「人際關係」這四個字。如果社交是一門課、要算學分的話，琳恩絕對死當到轉學還比較快！

她上次之所以參加魔界婚禮，還是因為單純的覺得好玩有趣才去參加的……結果連婚禮一半都還沒到，自己就嫌無聊的閃人了！

事後林文的研究室收到了一份包裹，一拆開就是惡臭的邪鬼花和各種腐爛內臟，根據包裹裡所附內文描述的過程，琳恩就在新郎和新娘熱情交換戒指的那一刻，起身打了個哈欠，在眾目睽睽之下轉身閃人。

新人倆將所有的不滿和不悅全部具現化成那灘惡臭，那股臭味直到一個禮拜後才緩緩消失……這個結果，還是林文受不了跑去網購了奈米活性碳才收拾的，只能說科技的力量是可以消除仇恨的，至少……只是惡臭的話。

「你怎麼會來到這？」

一股冷風從身後灌入，林文轉過了身，看見琳恩挑著眉倚在門邊。

「因為實在冷到受不了了，就隨便開個門想說避一下寒。」林文的牙關說著說著又開始顫了起來。

琳恩聽到這裡露出莫名曖昧的淡笑，讓看著她的林文全身抖了一下。林文很肯定，這次發抖絕對不是因為寒冷的緣故。

「我說你的書房只剩下一些你的文書資料還沒整理了，那些東西你不整理的話，就由我代為處理了喔。」琳恩說到一半，眼神突然飄移了一下。

「什麼代為處理啊，妳明明就只是全數回收！」林文不滿的抗議著。

「那你還不快去自己處理？」琳恩壞笑著。

「真是……」聽到這裡，林文顧不得走廊的寒冷，連忙衝了出去直奔書房，丟下琳恩一個人在這間房間。

「反正我只有承諾要保持沉默……時間快到了，你們不要讓我失望啊。」

琳恩莫名冒出了這句話，她倚在門邊一動也不動，看著這間曾經是亞澈房間的所在，過分蒼白的脣從嘴角緩緩滲出血液，被琳恩率性的用食指關節抹掉。

她很明白，距離兩個禮拜的期限，只剩三天了。

才剛回到研究室，林文就傻眼了。

他的桌上散布著各式紙張所堆疊而成的比薩斜塔，嗯……可能比比薩斜塔還要更斜……

他俗辣的小聲咒罵著琳恩，從塔頂端一點一點的開始整理分類。

隨著分類的過程，他突然可以體會為什麼琳恩會想要全數丟到紙類回收去。各種廠商器材、賣材、學會通知、廣告單摻雜其中，真正有用的資訊連一成都不知道有沒有。

就好比這本《北臺灣一日遊景點》旅遊書，為什麼這會出現在學術殿堂？九份、金瓜石……

然後手機型號目錄……這是什麼鬼？還是上上上一期的款式，現在最流行的不是某種水果廠牌嗎？

林文皺著眉正想將型錄揉成一團紙球丟掉的時候，他看著廣告傳單上的某型號手機，突然心中有種詫異感跑了出來。那種感覺……和剛剛他身處在房間裡時一模一樣。

林文自己也不知道原因的把手機廣告傳單放到了可用資料的那一堆去，有某種聲音如同風聲般浮現。

他神情古怪的繼續整理下去，隨著整理的進度，他的心情卻越發沉重。

林文不明白……非常不明白。

為什麼看到天主教高中的入學申請書，他會眼神移不開？

為什麼看到某間醫院介紹，他的內心會一陣沉重？

為什麼那本被他視為人間詐騙集團實錄的召喚師歷史書，會讓以往不屑一顧的他謹慎的翻了翻？

還有很多很多為什麼……健檢同意書、秘警署報告書、契爾瓦的帳單、醫療費收據……

無數的衝擊撕扯著他的內心，但迴盪在他耳內的風聲卻始終不止……即便摀住雙耳，林文也聽不到他真正想聽的聲音。

終於，他在最後放下了雙手。夾雜在那道風聲裡，有某種咒歌言靈摻雜在其中，陌生卻又熟悉，穿過耳中便令人悲傷的呼吸凝滯。

那是某份計畫書，上面書寫著各種計算公式，所囊括的種類包含魔導工程學、召喚學、靈魂學……各種字跡穿插其中，有秀麗雅致的字跡、正直圓潤的筆順……而計畫書的最後一面，留下了三截空白的欄位。

他的手發著抖，明明沒有任何想法……他的手停在了那空白欄位的第一欄。

明明沒有記憶、沒有想法，手卻自己動了起來，林文倉促的抽起了一旁的筆，他生疏的在那空缺的第一欄位動筆起來，文字中所描述的是他前幾天才發現到的所羅門規則，將欄位滿滿的填完後，他在那進度百分比上緩緩的刻下了「33%」，那是他在拯救某人的分工計畫裡，所負責完成的部分。

原子筆終於停了下來……林文聽見了破碎聲從腦海裡、記憶的深處響起。

那是第一道裂痕，清脆的破碎聲響盪在某些人的心中，激起了點點漣漪。

※　　※◆※　　※

金屬建造的偌大房間中，一位少女神情困惑的環顧四周，不時對著空無一人的房間開口說話，彷彿有某位透明人正身處眼前般。

陣陣劈啪的破碎聲響，悠遠的從腦中傳開，少女瞬間閃了神識，跌坐在地上。

「偵測到由乃博士腦波、心跳混亂，請示是否需要聯絡醫院？」

電子監視器的焦距不斷切換，配合著超聲波探測，諾維的安全警示燈從翡翠綠跳換到警戒橙的狀態。

「不需要。剛剛是有什麼東西碎了嗎？」由乃扶著額，腦袋仍舊是感到陣陣的昏眩。

「不，沒有。」諾維將整座魔工學研究中心的平面用雷射光立體展了開來，**「根據聲波迴盪掃射，沒有任何物件出現形體變更。」**

「可、可是我剛剛聽到很大的聲響，像是玻璃還是金屬斷裂的聲音。」由乃不可置信的呻吟著。

「不，系統並無記錄，推測幻聽可能九十五百分比。」

諾維巨大的電腦顯示板，跳出研究中心的聲波監控圖，一整條平行不變的聲波圖，讓由乃愕啞口無言。

幻聽嗎？如果是以往她大概會駁斥這種推測。但現在……她不知道。

自從進入了魔工學研究中心後，她沒有辦法了解為什麼自己的心臟跳得如此澎湃，彷彿震耳欲聾、吞噬了她聽力所及的一切範圍。

——這到底是怎麼一回事？

由乃的記憶追溯回今天的早晨……

撩亂的鐵盒中，塞滿著各種雜物，諸如鑰匙、螺絲起子、扳手……等，由乃皺著眉頭從各種看起來很雷同的鑰匙中，艱困的挑出了一把比較有可能的鑰匙。

其實她似乎有點久沒有去魔工學中心，會用「似乎」是因為……她根本對於去魔工學研究室的頻率沒有印象。要不是身為超級電腦的諾維突然闖入了她的系統之中，提醒著她的信箱有一封未讀信件，她根本都忘記魔工學中心這處地方。

「只是一封信函，就讓你闖入了我的系統內？」由乃張大雙眼，她的隱私權就這樣赤裸裸的被超級電腦無視了！

「根據您當初的設定，此信件的收文者若回信，無論您在做什麼，都需要立刻通知您。」諾維平鋪直述的說著，一邊說著還將由乃當初所設定的記錄檔調了出來給她確定。

「……這封信有這麼重要？」由乃喃喃道，她完全想不起來自己有在等什麼人回信之類的。

「**根據您所設定的權限，干擾入侵等級無上限。**」

聽到諾維的說法，讓由乃傻愣的乾笑了幾聲。干擾入侵假如設定成無上限的話，那就代表當時的自己真的很認真看待這封信，認真到可以讓身為超級電腦的諾維入侵所有的系統都在所不辭。

「不能把信件轉出來到我的系統嗎？」由乃一想到要趕去魔工學中心，心裡就一陣煩悶。

魔工學中心有著亞洲數一數二的設備，各種昂貴的儀器搭配超級電腦，讓想要鑽研魔工學的人完全可以無後顧之憂，但不知道是當初創立者希望研究人員遠離世事，還是錢都花在買設備沒錢買地之類的，所在地委婉的說法是在近郊，現實的說法是連計程車都叫不到的鳥地方。

以往她都是自己騎車前往，但現在外頭的天氣這麼冷又這麼濕，當然還是能免則免吧？

「**很抱歉，當初信件匣您有特別設定，不可以轉出，需要藉由眼膜辨識才可以**

開放修改。」諾維平鋪直述的說著，將由乃當初的保密設定一古腦的全列了出來。

光是各種鑑識保密工作，就讓由乃看傻了眼。

她開始懷疑自己之前是不是在研發核子武器，不然為什麼需要這麼保密防諜？

「那我可以等天氣暖和點再過去嗎？」由乃發懶的拉起了毛毯裹住全身，露出幸福洋溢的神情。

「再過三天就會因為保密設定，銷毀信函資料了。」

諾維毫不留情的打破了她的妄想，還貼心的把頁面上的某條保密設定反紅標注。看著異常顯眼的「保存限定天數」，由乃怨上了當初設定模式的自己。

「我會去的。」無可奈何的爬了起床，窗外的灰藍天空讓她冷哼了口氣，她痛恨這個爛天氣！

於是由乃甩著半濕的頭髮，站在緊閉的保全密閉門前，幾乎以怒瞪的方式緊盯眼膜辨識系統。

「請放鬆眼部周遭肌肉。」眼膜辨識系統閃起錯誤的紅燈，系統自動貼心的給予建議。

「我放鬆了。」由乃嘴角有些僵住的說。

「請直視前方，勿瞪。假若您有鬥雞眼，請開啟眼疾模式。」

「……」由乃咬了咬牙關，用指尖用力的戳著螢幕上眼睛正常的選項。

「請——」但系統依舊跳出了紅燈。

「幹！」由乃克制不住的吼了出來，系統頓時亮起了綠燈，開放了她的通行。

一凶就開？結果……系統也會怕惡人？

想到這裡由乃激動的握了握拳，她好不容易才忍住，真的要是敲下去，那最高科技的合金模板保證不會有半點凹痕，受傷的絕對單方面只會是她的手。

「貴安，由乃博士。」諾維的聲音跳了出來。

「貴安咧……我差點就活生生的被保全系統氣死。」由乃不滿的嘟起嘴脣。

「容我提醒，那是由乃博士您所設定的。」

諾維的話語，讓由乃再度愣了愣，完全語塞的乾瞪眼。

她知道諾維是絕對不會騙人的，身為電腦的它，不可能理解人類所謂的玩笑話，這也是人工智慧系統一直無法突破的一點，這種因為語氣和場合而變化的矛盾，完全沒有邏輯可言，人工智慧系統當然也就不可能理解了。

「信件匣已開放，未讀取信件一封，加密保全須經過眼膜、指紋、聲紋鑑識。」

諾維隨著敘述，依序伸出了鏡頭、觸膜和麥克風……

「這些東西是誰設定的?超級無聊找事情做的！」由乃跳了起來，設定這些瀏覽條件的人真的是無聊到極點了！

「容我提醒，那是由乃博士您所設定的。」

由乃原先要脫口而出的「臺灣特有語助詞」，頓時又全數吞回腹中，她欲哭無淚的一一通過三種加密保全認證，頹下的雙肩無法隱藏她的無力感。

她的手疲憊的一口氣在螢幕上刷了下來，但卻只有跳出一封信件，其他已閱讀信函依然是被鎖死的狀態。

看到這裡，由乃臉上一個死白，踉蹌的往後倒了兩步，她聲音乾枯的問：「該不會就連讀過的信，都要分別經過三重加密保全通過吧？」

「是的。」諾維說著，象徵它眼睛的監視鏡頭還人性化的上下搖動點頭。

「這實在太沒效率了，我人就在這——」正要抗議的時候，由乃打住了自己的話語。

「容我提醒，那是由乃博士您所設定的。」

她用力跺了一下腳，氣憤的伸出中指……向著自己。

由乃實在很想用各種方言、髒話問候著當初設定時的自己，但是想到這裡卻又不禁覺得真做的話，她就蠢到家了。

……雖然她早已經覺得她蠢到家就是了。到底是腦部多麼有殘缺，才能想出這種設定？真的是……夠了還是不要罵自己了。由乃艱辛的用力咬緊牙，拿出生平最大的耐心與毅力，一點一點的把所有信函解鎖。

看著那一封封解開的信函，跟之前她所寄的草稿，她完全不明白，因為信件的內容中，她委託——不，應該是近乎懇求了——希望得到來自對方的援助和幫忙，呈現出由乃所不認識的自己。

她在字裡行間中的用詞和語意如此低聲下氣，與其說是謙卑不如說是懇求。先前寄的好幾封信，都石沉大海沒有回應，看著系統所顯示的對方已閱讀記錄，她感覺到一股莫名的失落從眼簾沁入全身。

看著對方好不容易的回信，連由乃自己也不清楚為什麼，她就是心中猛然竄出一股恐懼，明明連在談什麼事情都想不起來，但她的身體就像是有意識般的害怕著……要是被對方拒絕的話……

咬著下脣她閉起雙眼，用幾乎是顫抖的聲音，命令諾維把信件內容閱讀出來。

「對方的回信內容只有四個字並且附加一份地圖，根據系統推測，對方應該是要求與您會面。指定日期是今天，時間為四點，您只剩十分鐘，內文為『算我一份。』」

諾維聲音直白的陳述，卻讓由乃緊繃的身軀頓時鬆懈了下來。

雖然看不懂這些信函中所指的是什麼事情，但她的情緒在看到對方同意的剎那竄升到最高點，卻又緊接著墜落谷底……

由乃搗著嘴，淚水莫名的從眼角滑落，太詭異了——這是怎麼一回事？

她摸著溫暖的淚水，明明沒有哭泣的理由，但為什麼會這麼的欣喜？

不明白，她完全的不明白！

由乃下意識的逃避撇過頭，視線被甩蕩到另一側，看著不遠處只完成主幹、還沒有外裝的機械，她的心猛然一緊。

顫慄著走到那臺古怪的機械前，由乃雙眼骨碌碌的顫動著。

「諾維，這是命令，無視保密層級，告訴我這臺機械是什麼用途？」

「抱歉，系統中沒有相符資料。這臺機械是由乃博士您親手打造的。」

「我是不是花了很多時間在這臺機械上？」她心中猛然冒出一種可怖的猜想。

「是的，如果要形容程度的話，符合中華成語中的『廢寢忘食』定義。」

諾維一邊說著，一邊把門禁出入表從系統中調了出來。琳瑯滿目的格子中，由乃的使用記錄占了八成多。

看到這裡，由乃不敢置信的張大雙眼。

「由乃博士，有保存語音檔，您需要重現嗎？」

諾維從數十日前，抓出了一件尚未命名的聲音記錄檔。

「要。」她摟著自己雙肩，不安的走到了音響前面。聽著數十日前的自己和諾維的對話，她的耳中逐漸迴響了起來——那斷斷續續的咒歌，從記憶的碎片中又浮現了出來……

聲音檔的最後一段，她聽見了印象中的自己從來沒有過的溫柔語氣。

「那個人是？」

「……是位對我來說非常重要的人。」

這瞬間，由乃又再度聽見了聲音，比起剛剛的幻聽般的咒歌來得更貼近，彷彿……就像有個無形的自己被揉碎。

那是玻璃的破碎聲，還是鋼鐵的淬鍊聲，由乃已經沒辦法判別，但無論是什麼，她可以肯定有什麼東西裂了。聲猶在耳，她抓起了外套，衝出門去。

諾維鏡頭晃了晃，它自作主張的把所有的封閉門都自主敞開了，原先重重封鎖的走道，瞬間暢通得能一眼見到門外的景色。

說實話，這不符合它的設計理念，這樣會讓研究中心被入侵的可能性大增，但是……它的人工智慧告訴它，現在不是計較這些的時候。

「諾維！謝謝你！」由乃奔跑的同時大喊著，她印象中自己從來沒有這麼興奮的拔足狂奔過……不對！她用力的搖頭否定，對自己告誡道：現在的印象不能相信，現在的記憶不能相信，就連現在的自己……也不是自己。

但「對方」一定知道些什麼。她看著諾維把地圖傳入她的手機內，她咬著牙，腳底才剛踏上泥土的瞬間，就停住了腳步，深吸了口氣……因為她想她認識眼前的這個人。

那人是個面色過於蒼白的男子，身上還穿著學院中常見的白大衣，凌亂的頭髮像是許久沒有修整過；他騎著一隻燃焚著紫色夢火的駿馬，臉上帶抹微笑的身影在夕陽餘暉中顯得異常耀眼。

※　※◆※　※

人來人往的淡水街道上，因為天候不佳，遊客比以往都來得更少，甚至能用稀疏來形容了。

即便是在室內依然戴著紳士帽的男子，習慣性的拉低了帽簷，他眼前的魚丸湯早就半溫偏涼，但他不在意，只是心不在焉的用調羹玩弄著碗中的魚丸，讓一旁的店家看了都跟著不悅煩躁了起來。

嘰嘰的古老杉木門於這冷天之中難得的響起，伴隨著來人那沉重的足音落下，沒有任何的話語和目光，僅僅踏入店裡的第一時間，整間店鋪內的空氣就凜然寒凍起來。

坐在離店門有一段距離的男子全身寒毛直豎，他即便不抬起頭也能感受到來者不善。

「威仲，可以跟我說你在這裡做什麼嗎？」

三道身影神情肅穆的包圍住他，完全不理會店內他人望來的驚恐目光。

威仲心底一慌，但表面卻還是強做鎮定的指著魚丸湯，「我只是來喝湯的。」

「不要裝了！管理人員發現你電腦中的搜尋記錄，為什麼你會想要搜索血庫的所在地？你又跟誰約好在這裡見面？你要背叛嗎？」

威仲保持沉默看著眼前的三位同仁，他很清楚自己絕對不是他們的對手。

自從喚者悲劇之後，他就已經喪失了作戰的能力。他能站在這裡，都是仰賴罪業會徽章所提供的言靈效果，因而存活下來的他只能做設置結界、組織後勤這種工作，真要用法術傷人……那是萬萬沒辦法做到——他的靈魂早就殘破到沒辦法再承受殺戮的罪孽。

「跟我們走吧，不要逼我們動粗。」一邊說著，那人伸出手就要去抓威仲的胳臂，但手還懸在半空，三個人不約而同的翻了翻白眼倒了下來。

威仲驚訝之餘卻沒有聽到店裡其他人的尖叫聲，他用眼角餘光掃視周遭，才發現不只他的同仁，整間店的人不論遊客或者老闆都已經沉沉睡去。

「抱歉，我們遲到了。」由乃從夢魘寬大的背上跳下，她身後的是被琳恩公主抱、滿臉不自在的林文。

「不會，來得剛剛好。」感受到喉頭因為緊張而乾涸，他輕飲一口魚丸湯。直到這時威仲才發現湯早就全涼了。

「所以……看來傳聞是真的。」威仲看著好不容易會面後，卻始終保持沉默的林文和由乃，他感慨的搖頭說：「你們忘記他了呀。」

「所以我們忘記的是『人』？」拉著自己的領口，由乃一邊因為驗證了自己的猜想而慶幸，卻又因為忘記的事實而難過。

這下要他怎麼辦才好？看著那人做出如此慘痛的代價，他卻要打破那人的決心……威仲心底涼了，他還是很猶豫。

威仲當然認同罪業會，不然他不會在遭受如此重創之後，依然繼續留在罪業會。但大概是經歷過太多，讓他的心疲憊了，他不由得想要相信眼前這群人的計畫，即便這個計畫的一切都尚處推論階段，即便這個計畫有可能讓罪業會的付出毀於一旦。

「我們到底忘記了誰？」林文眼神清明，雙眼直望威仲。

「亞澈。」威仲淡淡的說著。

短短兩個字流入了他們的耳內，宛如有股電流竄過全身，痙攣感從耳中擴散，延著血液，每一處細胞都開始掙脫枷鎖。

那些熟悉的破碎聲再度響起，不同的是，這次他們看見了——看見了無形無體的鎖鏈纏繞在自身上。不同的是，他們清晰聽見了那首悲苦的咒歌，唱的那人是如此的哀傷，太多隱含其中的情緒深邃、無可見底，全都濃縮到那隻字片語裡。

雜亂的記憶隨著枷鎖破碎而掀起混亂，由乃和林文都無可避免的抱頭蹲下，這深沉的痛楚不是從神經傳來，而是更深遠的……靈魂。

看到這一幕，威仲抿了抿嘴。亞澈的覺悟之深，即便他們直接聽到名諱，卻也不能完全掙脫言靈的束縛。

那些殘破的記憶如同滾滾黃沙，徒勞無功的在風中喧囂，真正能留在他們心中的卻少之又少。

威仲躊躇了半秒，將自己的徽章拔了下來，他抓著由乃和林文的手，把罪業會由亞里斯的魔力結晶所雕飾成的徽章，塞入了交疊的兩隻手中間。

剎那間，殘破不堪的記憶停格了，然後原先紛亂無序的記憶，本末有序的重新排列回去。

兩人眼中的混亂消失、雙眼中的神韻逐漸亮起，威仲隨即雙膝一軟跪倒在地，看著言靈的枷鎖一點一點的從由乃和林文身上脫落，他笑了出來。

「我不知道我做的決定是對的還是錯的，我也不知道讓你們的記憶復甦是好還是壞的……我只知道一點，妳在信中所說的那一句話，成為了我往前踏步的動力。」威仲連嘴唇都開始發白的說著，「確實不應該再製造更多的悲劇了。」

「威仲！」由乃回過神時，威仲早就癱軟倒地。

由乃驚喊著，想把手中的徽章塞回給威仲時，嘩啦一聲，徽章化為點點金沙，從她和林文的手指縫隙間灑落，還沒落地就消失在虛無中。

「別擔心。」琳恩早就一手撐住了威仲的身軀，她的雙眼慧黠的眨動，「操縱靈魂是我的拿手好戲，只是他的靈魂碎得早應場毀……之所以能夠支撐到現在，大概都是仰賴亞里斯的言靈吧。」

「我知道，我都知道。」由乃握了握拳，神情哀戚的說著。她很早就知道威仲無法離開罪業會的徽章，少了這枚徽章，他那破碎的靈魂就會應聲倒塌，但即便如此，他還是把自己的徽章給了他們……

林文神情複雜的看著威仲，他彎下腰，從昏倒的罪業會三人身上取下了各一小角胸徽，放在威仲的胸前。眼看威仲的神色逐漸好轉，林文卻不知道該如何面對。

威仲也是當初那場悲劇的見證者，同時也是幫凶。林文不由得升起滿腔的怒火來，琳恩說得沒錯，他的胸襟沒有寬大到可以這麼輕易原諒那些人，就算知道了緣由……也只是讓自己更加掙扎難受罷了。

「你不需要勉強自己，我根本不應該被你這樣對待，那是我們的罪孽。」威仲恍惚的張開了眼，看著別過頭的林文，苦澀的彎起嘴角。

「但你們還是覺得你們沒有錯，對吧？因為你們的志向遠大到你們無法顧及這些犧牲者的悲鳴。」林文眼神黯了下來，嘲諷說道。

「我曾經這麼以為……但在和亞澈接觸後，我不知道，對不起……真的不知道。」威仲用力咬著下唇，鮮血從唇邊緩緩流過臉頰，在地上滴落成點點血花。

「夠了。」林文搖頭，他將倒下的椅子扶了起來，緩緩把威仲扶到椅上，自始至終都沒有和威仲的雙眼對上，「我沒辦法大器的說我已經釋懷，但我還是必須感謝你。因為你，我才能夠破除亞澈的言靈，至少在這件事情上……謝謝。」

一陣無言的尷尬氣氛蔓延開來，由乃徬徨的看了看左右，終於按捺不住的發言了：「希望你們不要介意，但我想問一下，亞澈是被罪業會要脅了嗎？不然為什麼會做出抹去記憶這種事情？」

「不是，據我所知，他是自己前來罪業會的。」威仲否認道，詳細的原因他並不清楚，甚至應該說整個罪業會，除了亞里斯和亞澈之外誰都不會知道緣由。

「我也覺得不是喔。」琳恩輕快的笑著，在笑容之下，她謹慎的用手背輕觸著身上言靈造成的傷口，確定傷口沒因為發言裂開後，她才繼續說下去。

「嘖嘖，謹言慎行還真是快要累死我了。我猜亞澈他應該是想要步上亞里斯的後路吧？至於原因我也不知道，但如果只是『繼承』王的誓典，應該不需要洗去你們的記憶。這樣從常理來推斷的話，他應該是知道你們一定會反對他的舉動，所以才這樣做。而你們會反對的……就只有進入四王之界這種事情吧。」

「所以……琳恩妳的記憶？」由乃搗著嘴問。

「欸？我的記憶沒有被洗去，但我受到言靈的控制，所以只能等你們自行突破。」琳恩將外套的一側拉開來，白色的襯衫早就被血染烏成一片，「不過這是我自己的言靈，不是他的就是了。」

「妳假如沒有失憶的話，為什麼沒有選擇攔住他？」林文瞥著那處傷口，馬上就知道那是自身言靈反噬所造成的傷勢，在琳恩親口證實之後，他的心完全涼了。

「為什麼要攔住他？」琳恩看著林文和由乃驚異的神情，反而綻開笑靨。

「你們能夠把他關在魔界或者人間一輩子嗎？難道從今以後，你們要如影隨形跟著亞澈身後，就怕他想不開？別傻了，那是他的人生，你們能夠做的不是幫他選擇人生，而是讓他知道還有別條路可以選吧？至於最終的選擇權，應該還是在亞澈身上吧？」

琳恩的話語，讓他們精神為之一撼，雖然聽起來很殘酷，但他們知道琳恩說的才是真實。

他們不可能陪著亞澈過一輩子，也不可能讓亞澈永遠處於監視之下，所以……

「所以妳才讓他去闖一闖。」林文抓抓頭，他沒有理由反駁琳恩的決定。

「但是假如來不及的話！假如我們來不及告訴他還有別項選擇的話！」由乃激動的抓著琳恩的雙肩不放，嗚咽的語氣讓琳恩的神情鬆了開來。

「來得及的。」琳恩拍了拍由乃的背，她語氣和緩的低聲說著：「假使真的到最後一天你們都沒掙脫言靈的話，我會拚拚看的。」

「什麼拚拚看……看看妳的傷口，光是那一堆提示，就讓妳全身傷痕累累的，想自殺也不是這種做法。」林文嘆了口氣，手指輕滑過琳恩的傷處，就讓琳恩全身一僵，無法動彈。

「重點不是我吧！重點是現在距離封印儀式已經剩沒幾天了。」琳恩神情扭曲的把林文的手推開，要不是現在大範圍的動作會拉扯到傷口，她一定跳上去給林文一陣猛打！

「回去記得跟我拿藥。」林文不滿的喃喃說著。

「我們哪來的藥？」琳恩瞇了瞇雙眼，這幾天她早就忍受不住痛楚，但搜遍研究室內外，根本找不到半瓶有關言靈反噬的傷藥。

「契爾瓦什麼都有不是嗎？」林文敲了敲隨身攜帶的召喚書輕語。

那土匪公司那麼貴！你哪來的資產啊？她很想飆口問道，但看著神情難受的林文，活像是他被言靈反噬般，琳恩笑了笑，也就不再多說些什麼了。

「所以什麼時候開始儀式？」由乃的心沉了下來，雖然按照計畫所分配的，他們已經完成所能準備的一切事宜，但不論如何，心裡的緊張都不會因為準備充分而消失。

「三天後。」

威仲和琳恩的發言竟不謀而合，但兩人眼神相對的剎那，威仲心中的罪惡感讓他低下了頭，琳恩卻只是漾出微笑。

「三天嗎……」林文探了眼厚重的召喚書，他清楚罪業會的成立目的，所以罪業會絕對不會讓任何人妨礙到亞澈的封印儀式。說不定，對方加派的人手會遠超過上次那場和魔族間的混戰，光是預想就知道戰況會多不樂觀……

「……但我可是喚者啊。」林文喃喃說道，心中暗自下了某個決定。

由乃專注的看著手機上的「十一月十七日」，那正是三天後的日期。她深呼吸完，仰望著灰濛濛的天空說：「你等著，三天後我就去找你，亞澈。」

The summon is the salvation of the world

Chap.6 剛才飛過的……是戰車嗎？

亞澈清醒的倒在床上，這些天來他除了必要的飲食之外，幾乎沒有離開那張床過。感受著這些天來，空氣中那股脈動逐漸稀薄、淡化，今天終於到了已經連感受都感受不到的地步，亞澈不用觀星也知道，某顆星星已經殞落了。

叩叩的敲門聲響起，面無表情的李雲還沒等亞澈的回應就開門進來，「亞里斯駕崩了。」

「我知道，跟他推算的一樣，於今天死去。」亞澈平靜的說著，完全沒發現李雲臉上古怪的神情。

「所以你們一直有在聯繫？」李雲一怔。

「算是吧。」亞澈泛出苦笑，這些天他大概是唯一見識到亞里斯逐漸步向衰敗的人。

起初還頗具存在感的影像，在倒數幾天時，已經連身影都溶於黑暗之中，只剩虛渺的聲音斷斷續續的穿過耳裡。而當最後一天時，他雖能感受到亞里斯還活著，但也就只是活著。等那若有似無的共鳴在最終消失的瞬間，亞澈知道，命運的齒輪終於輪轉來到他這邊了。

「我們儀式已經準備完成了，你若沒有問題的話，我們就出發到封印之地吧。」李雲沉默了片刻後才緩緩說著。

他在來的路上，已經看過有關於林文等人最近的生活報告，他將林文等人的近況默記在心，若亞澈突然對他們有所牽掛，他就能做出最適當的回應。只不過，他的準備卻落空了。

亞澈只是安靜的別過頭，什麼也沒有說的彎腰套上黑色襪子、球鞋，穿上了牛皮外套的同時，聞了聞那幾乎曾經熟悉，如今已經快要消散殆盡的氣味。最終，他又脫下了那身牛皮外套，猶豫了片刻後，將外套遞給李雲。

「事後可以的話，請幫我轉交還他們，雖然他們應該想不出這牛皮外套是我的生日禮物，但……我不想把它也帶過去，所以就由他們來決定吧。」

「我知道了。」李雲謹慎的將外套對摺，把房間的門緩緩拉開。

亞澈最後一次回頭看著這寬大闊氣的房間，他曾無數次聽林文向自己抱怨房子太小的事情，但直到他住在這麼豪華的房舍後，才知道自己最懷念的還是林文常掛在嘴邊抱怨的小房間。

「走吧。」把思念和記憶都拋諸腦後，亞澈迎頭踏上了自己選擇的命運。

※　※◆※　※

蒼鬱黛綠的森林中，放眼望去盡是歲數千百年起跳的神木，樹頂直入天際，彷彿探往大地的指爪正在攫取著什麼；茂密的綠林中，金燦的暮陽早已被拒於林蔭之外，隨風一捲，薄紗般的山嵐便遊走在林木之間。

這裡又稱為「四王之森」，是少數同時座落於六界交雜處的獨特地區，在人間地圖只有一小山角無法窺探到全貌，而在罪業會成立，接手四王之界的封印補強工作後，就再也沒有閒雜人等可以靠近這裡了。

因此四王之森沒有被任何的科技所染指，也沒有經過任何人為的開發，原始的環境猶如千年之前不曾變動。

但千百年來人煙罕至的森林，在今天卻意外的喧囂，大隊人馬披著斗篷在林間漫步，看似漫無目的，但假如從高空俯瞰的話，就可以發現這些人都有著他們獨特的隊形。

當前一人的前腳剛離開，後一人的目光便從另一側追蹤那腳跟的影子移動——彷彿某種儀式，又彷彿某種巡禮。他們早在一個禮拜前就開始這樣的舉動了，整個禮拜他們沒有任何的鬆懈，這並不是他們太過誇張，而是對他們來說，就是有這般堅持的價值。

這群人胸前別著的金黃徽章，魔力隨著時間開始消散，雖然消散的速率緩慢到無法用肉眼察覺，但他們都感覺得到原先的魔力一滴一滴的消失了。這意味著結束，同時也意味著開始。

他們只要凝神起來，都能感受到胸徽的存在感逐漸淡薄，五味雜陳的神情或多或少在每人的臉龐上顯現。也許別人痛恨著他們的胸徽，但誰又知道他們才是全天底下最不想要別上這胸徽的那群人？這群人有屬於他們的苦衷，而這一切的悲劇，或許在今天就能夠畫下個句點。

所以他們此刻不能鬆懈。想到這裡，他們疲憊的身軀又再輕了一些。

遠古森林的正中心處，有著一座用象牙白的大理石所堆砌成的殿堂，神秘的符文在霧氣中若隱若現，現今已經沒有多少人識得這種文字。

但那並不要緊，只要儀式能夠正常的進行，就算不懂也無所謂。

一名男子就這樣神情凝重的獨自站在中間，他在等待，但不著急。罪業會已經等了好幾百年，這幾個鐘頭他可以忍得下去。

「亞澈進入到四王之森了，再幾分鐘應該就能抵達這裡，開始四王之界的封印。」女子穿著一身服貼的黑色套裝，對著大祭司恭敬的彎腰說。

「知道了。另外，對於喚者們的監視不要鬆懈。雖然不可能，但我們不能有任何閃失的可能。」李末謁的雙眼遠眺著不遠處的帳篷。那邊的帳篷之中有著監視用的水鏡術和諸多螢幕，可謂是魔法與科技並用。

即便聽聞亞澈即將到來，李末謁的表情也沒有任何一絲的鬆懈。

「知道了！」在場所有人都大聲回應。

李末謁細眼看著腕上的智慧型顯示地圖，那散布整張地形立體圖的彩點依然規律有序的轉動著，但他心中莫名的不安卻沒有半點減輕。

這幾天他接獲了消息，知道底下的人最近有詭異的舉動，但是……根據派去追蹤的人回報，事情已經擺平了，沒有什麼值得緊張的情報外洩。雖是如此，但在這個時間點，任何風吹草動都讓他心頭為之一緊。

看著螢幕中的彩點，李未謁搖了搖頭說服自己，這次的大動員已經把全球各地分駐的人員都調了回來。依照現在森林中的人力，放眼人間應該沒人可以突破他們的警備圈。

除非對手不是人……李未謁嚴謹的猜想著。

念及此處，他才正想要自嘲瞎操心的時候──

突然間，監視中心全員配戴的無線電接連先後響起，所有人都慌張了一瞬，但看著大祭司那凌厲的眼神後，所有人都冷靜了下來。而當無線電接通後，從四面八方的回應都是一樣的。

「從東方（西方、南方、北方）有大量使魔來襲！大量！請求支援！」

「這是怎麼回事？」李未謁聲音冰冷的追問著，卻只有得到眾人的沉默回應。

他低頭看著畫面中代表罪業會的黃點，如今早已被淹沒了。就在無線電接獲通知的那短短數秒之內，各種五顏六色的閃動彩點占據整張地圖，如同繁天星斗落下大地，單從螢幕上來看……大地已被點綴成點點銀河。

天空在燃燒著，橙黃夕紅的飛焰妝點著蒼穹，一開始罪業會還以為只是落日餘暉，但是當炙人的灼熱撲到身上時，罪業會的人才如大夢初醒，趕緊唱出水系的護身咒。

那是鳳凰、焰雀、火鵠、赤雉，各種燃焚著焰火的使魔從天空降落，等到罪業會的人架起防護，審視全局的時候，他們才明瞭那僅僅是開始罷了。

隱藏在重重焰海之後的是閃動不停的雷鳴，烏黑色的瑞雲不知不覺中遮蔽落日，但卻沒有半點雨珠從烏雲中落下，真正劈落的只有那開始撕裂大地和他們防護魔法的驚雷。

「是龍！仙界的龍在空中操雷！」

不知是誰驚呼出來，但來不及了，為了防火架設的水系防護根本是良好的導體，每一道雷動竄過就電得他們人仰馬翻。

罪業會狼狽不堪的重新構築出新的防護，好不容易雷霆不再能突破，但緊接而來的是動搖整個大地的震顫！

地面在晃動著，伴隨著漫天煙塵和踏步聲，罪業會的成員們儘管想採取應敵措施，但來自上空的火光和雷霆不曾停歇過，將他們的視野侷限起來。

等到火與雷的交織停止，所有人都不由得屏住了呼吸，他們都很清楚這不是那群空中使魔的魔力用盡，而更可能是……為了不傷到自己人，所以才不得不停下了法術的炮轟。

在煙塵逐漸落下的過程中，他們看到了……森林神木彼此間的落隙早就被填滿，各種千奇百怪的使魔占據那些位置，各種眼眸從陰影中注視著他們。

冰晶閃爍寒光的霜狼、手持簡略武器的地精、渾身上下萌發綠意的樹狐、雪白石塊組成的巨石怪……不論適合戰鬥或者根本不適合戰鬥的使魔，猶如大雜燴般的湧現。

既沒有章法也沒有組織，這一大群的使魔只對望了不過半秒，就從四面八方衝了進來，相對於整齊有序的罪業會，這群雜牌軍卻在第一個照面就把罪業會的成員沖散了開來。

罪業會的人完全無從抗拒，這要怎麼架起防禦？各種五花八門的法術從眼前掠過，就連沒辦法運用魔力的史萊姆都舉起石頭投擲，草精還用芽根糾結住他們的踝足。他們只能不斷的後撤，期望將混亂的局面藉由地勢得到重整的機會，用空間來換取時間。

罪業會的警戒網就這樣失去了作用，幾乎所有人都沒有想到他們的防備就這樣被一群雜牌軍瓦解了。雖然受損不大，但他們深知自己已經失去偵查的能力了。

四王之森的南側是陡峭的岩崖，沒有多少人駐守在這，所以當一艘全身布滿俗氣塗鴉的流線型遊艇，無視物理限制的直接從岩壁中穿過時，幾乎所有人都措手不及，但那只是幾乎——有一個人早就等候多時的站在那了。

大祭司李末謁手中流動的光輝不止，配合著刻在樹幹上的圖騰，他連結了大地在一瞬間同時張開了多重結界，七、八道結界硬是把在陸地上以詭譎姿態破浪前進的遊艇攔了下來。

「果然是在這裡，如果要入侵的話，這裡是最不可能的地方。」李末謁低聲的說著，看了看身邊的人員逐漸迎了上來，他彎動著嘴角。

「但也還是被你預料到了。話說回來，大祭司不用準備封印儀式嗎？我以為最終頭目應該要在最後一關把守。」遊艇上傳出了一名男子的聲音，即使被攔下，他的語氣中也沒有驚訝和慌張。

好不容易才忍住暈船嘔吐的衝動，林文摀著嘴吃力的從遊艇內爬起身來，他的手裡抓著一本相當相當薄的書冊，書皮由金黃的雕飾和神秘的燙金文字點綴，深紅色的封面一如既往他拿在手中的召喚書，但厚薄程度卻有天壤之別。

如果說林文以前拿的召喚書從樓頂掉落能夠砸死人的話，現在他手中的召喚書搞不好在掉落途中就在空中飄蕩搖曳，甚至飛舞起來。

「不需要，儀式很簡單，光憑祭司他們就能應付得來。比起儀式，要攔住你就難太多了。」李末謁的雙眼鎖定在林文那本過薄的書冊，眼底掠過一陣詫異，「有很多事情我都想問你，比方說為什麼能掙脫言靈？為什麼要妨礙我們？還有，為了一介魔族解除掉珍貴的契約，這樣值得嗎？」

「什麼？喔？你的問題還真多啊，我啊，沒太多時間理會你，至於你問值不值得？」林文搖了搖手中的召喚書，那過分薄瘦的書頁，讓書的本身像水草般隨力道晃蕩，他咧嘴笑了出來，「值得、非常值得！不然你以為我怎麼能夠召喚這麼多使魔？啊……現在不該叫使魔，應該叫『異界生物』才對。」

望著林文笑靨中的肯定，李未謁完全愕然，雖然只有短短數秒，但他對於林文這種瘋狂的舉動還是餘悸猶存。

林文做的事情，說起來很簡單，但實行起來卻幾近瘋狂。

「你將他們召喚到人間後，解除了契約，來讓你的精神可以繼續召喚下一批使魔。而另一方面，人間的返送結界早已瓦解無法遣返他們……這樣不斷循環你就可以召喚出一整批大軍來。但我不明白的還有……魔力的問題，而且沒有契約的話，為什麼他們還會替你賣命？」

「魔力？啊……亞澈儲存在儲靈儀的魔力幾乎都被我拿來用了。聽到我的計畫，醫院的人不但沒有拒絕我，反而把所有的庫藏都拿了出來。」林文一回想當時所有恢復記憶的人們，爭先恐後的把自己身上的儲靈儀拔下，那種瘋狂的盛況就讓他搔著臉頰失笑。

「至於契約不契約的……我根本沒有逼迫他們，大家都是從以往就跟喚者家族簽訂契約的存在，我只是問他們願不願意陪我瘋上一回，結果沒想到跟喚者簽訂契約的也都是隱性瘋子啊！」

「你會害他們命喪人間的。」李末謌臉色暗沉的說著。

「啊啊……辦得到就試試看啊！」林文雙眼凌厲的回瞪，手中的召喚書光芒一盛，船體那些突兀的塗鴉開始散發出刺骨的魔力，將隱伏在這片大地的屍骨全數召喚出來。

遊艇上，空有一身白骨架子的黃泉擺渡人坐在船頭，眼窩裡的靈魂之火閃耀不止。「看」著周遭數十名罪業會成員，他歪了歪頭顱，露出空洞的顱骸出來，「抱歉啊，我不擅長戰鬥，所以你們就來陪死靈玩玩吧。」

「有何不可？反正另一邊也有人趕過去了……你該不會是以為我們沒有察覺到你們的調虎離山吧？」李末謌沉穩的聲響回響在森林間，他一副早已識破的模樣，敲著手腕上的雷射投影。

立體地圖在空中展了開來，在地圖的另一側，層層亮點形成月牙的形狀，將中心處包圍了起來。

感受著另一端緊張的魔力透過召喚書回應了過來，林文的冷汗從耳後淌下，他咬了咬牙低聲說著：「要堅持住啊！」

罪業會的人手中光輝閃耀，各種元素、魔力聚湧到他們手中；死靈發出咯咯的牙關聲，喪失恐懼的他們完全沒有被威嚇到，冥界的氣息鍛化成的刀刃，氣勢絲毫不遜於法術，激烈的戰鬥一觸及發！

相對於廣大森林地帶的混戰情況，四王之森的北部是遼闊平坦的草原，因為強勁的山風，這裡沒有辦法長出任何樹木，取而代之的是高到肩際的芒草。山嵐帶來奶白色的濃霧，應該是詩畫般的美景，此刻卻充滿著肅殺之氣。

這裡是最容易入侵的方位，沒有任何遮蔽物的地形，只要搭配上高速的移動方式，比如風身咒、雷行術……隨隨便便就可以闖入四王之界的儀式會場，所以罪業會的人在這裡早就布好各種結界和陷阱嚴陣以待。

結果，入侵者逮是逮到了，包圍網順利的圍成，就連罪業會人數都是對方的好幾十倍，但現場氣氛的凝滯卻讓所有人不敢輕舉妄動。

望向被圍困的中心處，水狐、霧妖、樹姥各種低階異界生物，聚集成一團，那些生物根本無足為懼。真正令他們卻步的是，其中正熊熊燃燒著夢土特有紫焰的駿馬，以及剛從馬背上翻身躍下的女子。

那名女子穿著一身女僕裝扮，頭頂著顯著的惡魔角，她的每一抹笑意都讓在場人士的冷汗從毛孔中滲出。

「明明是我們被包圍，怎麼好像你們比較驚恐？」琳恩一邊拉整了一下身上的衣服，同時調侃著罪業會的人，似乎被包圍的現實與她無關。

夢魘探了眼琳恩，說實話牠無聊得很想打呵欠。從落地開始，牠便被琳恩要求負責防禦就好，一開始牠還慎重其事的張開了夢火結界，結果對方根本連打都不敢打。看著逐漸熄滅掉的夢火結界，牠自己都很懷疑是否還需要繼續維持結界。

就在夢魘這麼想的時候，對方起了一陣騷動，牠和琳恩交換一個眼神，朦朧的淡紫結界在牠的意識下轉瞬成了一道深靛色的幻界，將所有異界生物屏蔽起來。

人群中緩緩走出了一位男子，身穿著一身黑的西服，那男子困惑的看著琳恩。

「我以為我們沒有為敵的理由，畢竟我們一切的目的都是為了人間的永存。」男子——李雲深吸了一口氣，看著琳恩，雙眼完全沒有閃避，和琳恩的視線在空中交會。

「關我屁事。」琳恩綻出自信的笑容。

「這不單單是人間，甚至牽動著六界！」李雲喊了出來。對於琳恩的嘻笑，他心底燃起了一股火焰。

「關我屁事。」琳恩聳聳肩的彎動嘴角重複道。

「難道妳的主人，也同意讓喚者的犧牲失去意義嗎？」李雲怒吼了出來，他的聲音迴盪在草原間。

這次，琳恩閉起了雙眼，凝神的聽著。

「關我屁事、的、屁、事。」琳恩過了幾秒後張開了雙眼，她的眉目美麗得彷彿金雕的玉飾般，垂下的眼簾抖動著，看著李雲因怒氣而顫抖的身軀，她加深了嘴邊的笑意。

「我啊，身為觀測者……記錄了很多英雄史實，這沒有辦法，工作職責我被分配的就是列傳，負責記述英雄們的生平和偉業，但越是撰寫我就越加火大。」

罪業會的人愣然的看著琳恩第一次表明自己的出身，就連李雲也愣住了。

「什麼犧牲啊？什麼不得不的抉擇？之類之類的我看過太多了。」琳恩沒有理會眾人愣住的模樣，自顧自的說著，「我只是很感冒，不……應該是感冒到了極點！不管哪一個世界的英雄都是如此的自以為是，讓我光是一拾起筆來就想吐。」

這是真的，她已經不知真的吐過幾次了，每一次都嚇壞了她的同僚。

身為觀測者，她理應站在公正中立的角度描述史實，但或許是真的描寫列傳太久了，她越寫越憤慨，到最後她只能安慰自己一切都只是職業病。

她就只是個稍微激動點的觀眾，容易入戲深了點罷了，不礙事的……

當時琳恩看著林文胡來的召喚通道打開時，其實她是有拒絕的權力的，但她就是咧開嘴角開懷的跳了進去……然後琳恩才知道，當真正撞見的時候，那些被歸類到列傳的英雄遠比在筆下時來得讓她反胃數倍。

「誰拜託你們保護六界了？不是你們自以為是的英雄心態嗎？」

「我們——」

「誰拜託你們保護人間不受迫害？不是你們自以為是的想法嗎？」

「妳說什麼！」

「最後……在你們的英雄心態和自以為是的動作中，犧牲的到底是誰？什麼喚者的犧牲……不要在那邊加害於人，然後給自己冠上一個冠冕堂皇的理由後，就無視自己所做出來的惡行！」琳恩睥睨的掃視著所有人，壓抑不住的爆出粗口，「為什麼林文他還要去體諒你們的舉動，你們真他媽的以為自己是悲劇中的英雄啊？在我眼裡……全部都噁心得讓我反胃想吐！」

她雙眼中的凜然讓罪業會的人都不得不別過頭，連李雲也咬著下唇不發一語。

「我陪林文生活了很多年，每當他需要仰賴夢魔的法術來封印他的恐懼時，我真是後悔負責撰寫列傳，什麼勞什子英雄……充其量只是決定天秤兩端重量的劊子手。」

「不然妳要怎麼我們怎麼辦？人間瀕臨危機時，我們能夠做的事情就只剩下這些了！」

李雲的面孔扭曲，經年累月的壓力隨著話語終於宣洩出去。他們也有壓力，甚至他們心中的罪惡感也不曾消失，但他們只能告訴自己，這樣是為了讓更多人活下去，所以他們在血海中繼續前行。

看著李雲不解的神色，琳恩也飆罵回去。

「那就做啊！」琳恩一個閃身，兩人之間短短數十公尺的距離轉瞬成零，她的秀手攫住了李雲領口，讓所有罪業會的人一陣驚慌。

「我不會說你們為了生存而戰是可笑，我也不會說你們為了目的而不擇手段是無恥——」她垂下了頭，靠在李雲的耳際旁低語著：「但別撒嬌……不要逼迫每個人認同你們的價值觀，這太霸道無理了，特別是對受害者而言。」

張大著雙眼的李雲就這樣被琳恩扔飛出去，在天空中墜落的過程中，他倔強的闔起雙目，心中苦笑道：撒嬌是嘛……

「保護少祭司的同時開始作戰！」

人群中不知道是誰喊出聲，隨著這聲喝令，罪業會的人將隱藏在草原中的結界盡數張開。

看著因為結界林立而五彩繽紛的草原，琳恩甩了甩手，活絡活絡著下顎，輕聲說道：「雖然我特意沒吃早餐，但這樣的量會不會吃太飽了呢？」

語畢，琳恩化成了一道迅影，所到之處的結界如同泡沫般幻滅。她嘴唇弧線微揚，性感得恰到好處，露出的小虎牙嚙著琉璃色的結界碎片，她的美讓所有人都呼吸一滯。

「來吧！我可是很期待真實版無雙的！」

※　※◆※　※

四王之森的核心地帶，四十九位祭司按照天干地支的排列，環繞著從遠古遺留下來的四王之界封印陣，齊心朗誦著未知的咒歌。即便是從沒聽過的語言、未曾了解的意涵，也都無法妨礙他們的吟詠。四十九化為一的聲音繚繞在白淨大理石間、雪色的岩石脈絡中，若隱若現的四界古文開始和咒歌共鳴，空氣逐漸騷動不安，景色逐漸融化……

感受著四面八方遠處傳來的騷動和咒光，亞澈複雜的神情躍然浮現，但他只是泛出微苦的淡笑，邁出步伐踏上儀式會場的中心。

「因為敵襲，所以儀式必須提前了。」身穿黑色套裝的女子毫不掩飾臉上慌張的神色，著急的對亞澈說。

「冷靜點。」亞澈瞥了眼女子胸前的名牌，輕吸一口氣，將空氣中過多的「不安」情緒吸入體內，「提雅，封印儀式就拜託妳了。」

「……是的。」提雅抿著脣，心中的不安因為亞澈的話語而稍微減輕。她專注的盯著封印會場的中心，融化的景色逐漸斑剝脫落，露出了漆黑一片的空間。

「這就是四王之界內部？看樣子接下來的歲月，我只能跟黑暗長相廝守了。」亞澈自嘲的搖了搖頭。

「不是這樣的。」提雅跳了起來，隨即垂下了頭低聲說著：「根據亞里斯所言，內部空間布滿了強力幻術，可以隨著被封印者的心思變幻情境，就算是思念的故人也可以擬形出來。」

眨動著睫毛，亞澈感受著提雅身體緩緩散出的歉疚，他輕輕的拍了拍她的肩，和緩的說：「謝謝妳，知道這一點還滿讓我欣慰的，除此之外……算我拜託你們，在封印完結之後，不要太為難林文他們好嗎？」

聽著亞澈的話語，提雅瞪大雙眼，輕輕掩口，「你都知道了？」

她心中深沉的罪惡感讓她只能別過頭，迴避亞澈那太過清澈的眼神。林文引起的騷動在罪業會之中被分類為絕對機密，大祭司怕亞澈會因為喚者的到來而動搖決心，所以吩咐過絕對不可以讓亞澈知道這件事情。

「嗯，能夠引起這般動亂的也只有他們了，確實……說沒有一點訝異是騙人的，到頭來琳恩說的也沒有錯，我實在是太過小覷人類了。」亞澈帶著些微欣喜的神情說著，感受著曾經朝夕相處的魔力。

他算是補足了最後的一點遺憾了吧？美中不足的應該是由乃的靈竭症……即便是覺醒的他，也抓不到身上毫無魔力的由乃蹤跡。

想到這裡，他略微失落卻又重新振作了起來。

沒有關係，此行就是為了這一點而來的。亞澈用力拍了拍自己的臉頰，強作精神的昂首，隨著眾祭司的吟唱，扭曲的空間增幅了好幾倍，映入眼簾的黑暗已經張成了好幾十公尺，悠長深遠得彷彿隧道般無法窺見盡頭。

深吸了一口氣，亞澈知道時候到了。

「我走了。」

亞澈揮揮手，莫名燦眼的金光映出他的身影，拉出了長長的黑影，將他最後的表情全部掩蓋住了。

沒有人回應他，在場的祭司和提雅只是闔起了雙目，滿懷歉疚的彎下腰。他們都知道是亞澈的自願奉獻，這一次的封印才會如此順利，雖然沒有人知道他主動的原因，但那並不影響他們由衷的感激。

最後的一眼望著所有人的敬禮，亞澈獲得了些許的勇氣，雖然仍舊有著恐懼和不安，但他還是將左腳踏入了黑暗之中。

就在他踏入四王之界的第一步落地發出響聲時，一股炙熱的風壓頓時從高空驟落，璀璨的金黃光芒將整片四王之森照耀得無比光亮，原先森林的鬱綠彷彿變成了透明的翠玉，灑落森林的金光彷彿鍍金似的將所有的一切爬滿、染成金黃一片，所有人根本還睜不開雙眼，就被熾熱的爆風炸飛開了。

亞澈不加思索的讓身軀完全進入了黑暗，看著世界變成非金即黑的兩種色調，他頭也不回的消失在黑暗中，四王之界在亞澈消失身影的瞬間也完整封閉起來，只留下雙眼刺痛不已的眾祭司們。

不久，空間恢復、扭曲也跟著消失，中心處的大理石雪白得一如往昔，除了地上的焦痕證明著剛剛的高溫確有其事，其餘什麼都沒留下來。

「……我剛剛好像看到一臺戰車從天而降？」某人猶疑的不確定道。

「我也看到了……我還以為只是我的幻覺。」剛剛還以為是幻覺的人不安的附和著。

「該不會……大家都有看見吧？」提雅尷尬的彎著嘴角，她剛剛在強光一片之中也看到了模糊的戰車身影；那是古羅馬造型的戰車，即便沒有馬匹，那臺戰車還是以高速穿過他們的眼界。要不是敞開的四王之界稍微拖延了戰車的速度，不然她可能只有看見單純的金黃光從眼前掠過。

「所以……那是什麼？」

這是在場所有人心中不約而同的疑惑。

The summon is the salvation of the world

Chap.7 開門就交給喚者吧！

黑暗、漆黑、幽遠……放眼所及盡是如此，亞澈幾乎無法肯定自己是否正睜著眼，直到小心翼翼的用手指撫摸過自己的眼球，他露出苦笑。

這要不是情報有誤，就是他突然成了睜眼瞎子。

正當他還在思索哪種可能性比較大的時候，空間變換了。眼前先是一片蔚藍的天空展開，然後逐漸一層層的疊加著各種色彩，蒼藍、靛藍、水藍……天空正在他的眼前逐漸鋪滿。

然後是大地，土黃、棕黃、赤黃……各種泥色交織，大地緊跟在天空之後生成，很快的……他的臉頰感受到一股清新的湧動，髮絲甚至隨之起舞。

就連踏在大地上的實際感都感覺得到，泥土特有的芬芳也竄入鼻腔，他詫異了數秒後，大笑出來。

「太厲害了，這真是太厲害了！」

甚至忍不住鼓起掌的他，用指節拭去了眼角惶恐的淚光。

隨著天地的開擴，亞澈終於見到了他。

那位盼著亞澈的到來，已經長達千年的人……

亞里斯靜靜躺在那相對其身分太過粗陋的大地上，他穿著一身深藍繡金邊的華服，雙眼緊闔，石膏白的膚色讓人完全不敢碰觸，彷彿一碰就要粉碎；面上的安詳讓觀者無不覺得他只是陷入一場永遠不會醒的睡眠，但手中所緊抱著的石板，卻早已不再浮動亞澈夢境中那神秘的古文字。

亞澈彎下了腰，對著亞里斯單膝跪下，輕輕的叩聲響起，他恭敬行了個標準的皇宮禮節，雙手顫抖的接過那塊石板。石板很輕很涼，沒有當初設想的沉重；在接觸的當下，沒有火花、沒有震動，就只有一股冰涼感沁過全身。

看著手上的石板緩緩浮現出神秘的古文字、點點的螢光從石板上溢出，亞澈深知「王的誓典」正式啟動了。

當「王的誓典」重新運轉的當下，亞里斯的屍骸如同脆弱的沙堡般，發出沙沙聲散落，瓦解成一地的光華，彷彿停滯千年的時光在幾秒間回到定位。連半根毛髮都沒有留下來，亞里斯就此湮滅了。

「辛苦了，亞里斯。」亞澈喃喃的對著空無一人的土地細語。

連屍骸都不復存在嗎……他惆悵的乾笑著，他已經可以預見自己的末路會是如何的光景了。

就在亞澈沉浸在哀傷之中時，零落的腳步聲從後方響起，微風帶來了記憶中的香味，這還是他首次在這個空間感受到活人的氣息。

亞澈全身一僵，幾乎是緊捏著心臟的轉過身子。

「我就知道會見到妳……連草木都還沒有生成，卻先擬形出妳的樣貌，這大概證明了我心中對妳的思念有多深了。」

亞澈看著眼前的少女喃喃說著，不得不說這幻象真的很真實，將由乃的神韻全部揉捏了出來，就連情緒都和自己想像中的如出一轍。

「妳很生氣吧？」明明知道只是幻覺，但亞澈還是別過頭去，完全不敢和眼前的由乃對上眼。

但由乃並沒有回應，這樣的沉默反而讓亞澈鬆了口氣，他仰望了一眼逐漸添上白雲和陽光的天空，決心將心中壓抑已久的一切全都緩緩說了出來。

「不知道是氣到說不出話，還是幻象沒有辦法發言……」亞澈搔了搔臉頰，他將頭抬起來，雙眼寂靜的看向由乃。

「妳知道嗎？我很喜歡人間，雖然這樣說可能傷了母后的心，但比起魔界，我實際上更喜歡人間，那老是被林文弄亂的研究室比起皇宮更有家的感覺，在人間我是活生生的存在，可以幫得上大家的忙，儘管只是些微不足道的小事情，但就是這些讓我有了活著的真實感。」亞澈一邊自顧自的說著，一邊往前走，直到距離由乃只有幾步之遙時，他佇足下來。

「所以比起拯救魔界，說實話我更想拯救的是人間。」他的手在空中躊躇著想要撫摸由乃的髮絲，但停在半空的手最後卻還是不捨的收回了。

「所以繼承『王的誓典』，是我不得不的選項，甚至被四王之界封印也是無可奈何的命定。」

由乃什麼話都沒有回應，她的沉默只是助長了亞澈的暢所欲言，少女雙眼靜謐澄澈得宛若水潭，映照出亞澈那無助的模樣。

「妳知道嗎？」亞澈的面孔扭曲，綻出泫然欲泣的笑容，「原來靈竭症的誕生都是因為四王之界破碎的緣故。」

這次由乃的表情終於出現動搖，神情中浮現出一絲驚訝，讓亞澈感覺到彷彿就是真正的由乃在眼前般。他滿意的笑了笑，笑容裡盡是荒涼……

「這道結界只進不出，所以情緒可以進入、魔力可以進入，就連靈魂的碎片也可以流入……聽懂了嗎？靈魂的碎片——」亞澈講到這個字眼時，他激動的晃了晃身子，「所以在人間轉生的過程中，只要靈魂的碎片流入四王之界中，那帶有缺憾的靈魂就注定身患靈竭症了。」

看了一眼由乃那愕然的模樣，亞澈終於忍不住的抱住了由乃，將頭緊緊靠在對方肩上，默默的落淚低聲說：「但亞里斯他們沒有辦法，只要人間人口不斷增加，龐大的情緒所轉換的魔力，將促使四王之界永遠都不會密合，所以能夠讓內在時間近乎停止的四王之界，反而成為了靈竭症的契機。」

事實就是如此，當初為了亞里斯所剩不多的生命，四王之界設計成將結界內的時間流動遏止住。要能達到如此違背自然法則的結果，取決的關鍵就在於密閉性，所以什麼都離不開四王之界，即便是會不斷呼喚共鳴、尋求融合的靈魂碎片，也沒有辦法逃出這個結界。

但這個牢固的結界，卻在人間人口數高漲的情況下，被經年累月增加的魔力衝破出絲絲的碎紋龜裂。不能怪四王之界，光是能夠撐住亞里斯的魔力而不潰散，就已經算得上是某種意義上的奇蹟了。

「但是……此後人間不會再有靈竭症了。」亞澈空洞的笑了笑，對著幻影說這種話，也許只是為了自我滿足罷了，只是為了彌補那永遠無法解釋的遺憾。即便知道如此，亞澈也還是想要繼續說下去。

「我們改變了四王之界的陣法，所以要是我還有多餘的魔力剩下，將會順著迴路反饋給四王之界。」注意到由乃一頭霧水的眼神，他彎了彎嘴角，「也就是我的魔力成為了我的枷鎖，若剩越多的魔力，四王之界就越是牢固。」

「這樣你滿足嗎？獨自一人困守在這幻境之中，長達千年的孤寂……這樣你真的滿足嗎？」

熟悉的聲音流入耳內，聽著由乃的問題，亞澈愣了愣，隨即破涕為笑。

「滿足，當然滿足，對我來說妳清醒著的幸福、此後不用再害怕會一睡不醒，那正常人的一生……這些比什麼都來得重要。」

「是嗎？你滿足呀，但我可一點都不滿足。」由乃表情木訥的安靜了數秒後，帶著燦爛的笑容開口了，她那久未運動顯得白皙瘦弱的玉手，完全無預警的握拳朝亞澈的臉頰揍了下去。

事情發生得太突然，亞澈完全反應不及，他就這樣被揍倒跌地。過於真實的痛覺讓他一臉的不敢置信，傻愣的看著揮拳完痛到用膝蓋夾住手腕的由乃，不禁感到疑惑：居然有逼真到可以揍人的幻影？

「妳……」亞澈撫摸著自己開始略微紅腫的臉頰。

「妳什麼妳？不過幾個禮拜沒見到面就叫不出我的名字，到底是你被洗腦還是我被洗腦？」由乃的手腕依然隱隱作痛，她現在真痛恨自己當初沒有認真上秘警署的防身術課程，才揍一拳就不行了，這什麼爛手腕！

「妳這個大笨蛋，妳是怎麼進來這裡的！」發現是真實的由乃，讓亞澈瞪大雙眼的跳了起來。他是想要跟她傾訴沒錯，但他從沒希望由乃進到四王之界裡頭啊！

「罵別人笨蛋的人自己才是笨蛋。」由乃冷冷一笑說道。

亞澈氣到語塞，都什麼節骨眼了，這個笨蛋還在跟他鬥嘴，她難道不知道這件事情有多嚴重嗎！

望了眼氣結的亞澈，由乃心中原本因疼惜而緩熄的怒火轉瞬又刷的一聲竄高，她的怒吼聲讓亞澈瑟縮了一下，「氣什麼氣！我才是那個應該生氣的人，什麼爛理由！什麼清醒的幸福！」

看著在本人面前窩囊的亞澈，由乃雙手用力一推，也許是歉疚，也許是罪惡感，亞澈竟然沒有反抗的就又跌坐了回去。

由乃撲到了亞澈的身上，抓著領子將亞澈的上身拉了起來，兩人的頭相距不過幾公分，但她的音量卻完全沒有絲毫減弱的跡象。

「亞澈……不要隨意揣測、隨意替我做出決定！什麼叫做清醒的幸福？讓我告訴你，幸福是比較級！在我眼中幸福是有你陪在我身旁，是有你在我耳旁碎唸，是有你幫我收拾殘局！」

由乃的音量越吼越大聲，緊閉著眼的亞澈，到最後被濕漉漉的冰冷感逼著張開了雙眼。

氣到哭出來的由乃，流著鼻涕和淚水滴落在他的臉龐上，即便嗚咽聲讓聲音斷斷續續，她卻依然氣勢澎湃的喊著：「對我來說，少了你的清醒還不如那有你存在的夢……你到底懂不懂啊，大笨蛋……」

「我以為——」

亞澈的話語直接被由乃打斷：「沒有以為！」

「我以為妳的身體！」亞澈固執的繼續說下去，他看過太多次靈竭症患者在苦難中的模樣，明明身在人間卻宛若活在地獄……

「我的身體又怎麼樣了！在沒有遇見你之前我跟它纏鬥了二十年，憑什麼你一來了我接下來的二十年、四十年……就會失敗！我告訴你，我可是天才！知道什麼是天才嗎！就是化不可能為可能的人！我要你給我記住！你的女人……就是貨真價實的天才！」

由乃的聲音如雷貫耳般的讓亞澈垂下了頭。

「但是我不捨呀……」

難堪的寂靜明明連幾秒都不到，卻彷彿凝滯成永恆，亞澈的呢喃聲痛苦的滴落入由乃的耳內。

「所以我才需要你在旁邊幫我加油。」由乃沉默了好幾秒才又緩緩開口，無聲的晶瑩淚水滾落臉頰，自下巴滑落，「當自己累了、倦了的時候，你的不捨才會是我繼續努力的動力。」

「已經太晚了。」亞澈難堪的撇過頭，倔強的說著：「就算不是為了妳，從我出生的那一刻，我就命定要接續『王的誓典』，如果我可以視若無睹的話也就算了，但我做不到……」

原來逃避也是需要天賦的。亞澈苦澀的想著，他就是沒有辦法無視這一切，一個人的任性卻要連累好幾億人的性命，這樣的任性……會不會太慘重了？

「真是太蠢了！」

震耳欲聾的聲音撼動了四王之界，由乃的眼眸燃燒著太過耀眼的光輝，讓亞澈只能黯然垂首，他感受到由乃的渾身都氣到發顫了。

「這明明就不是你的問題！為什麼要拿你的一生來妥協！」

「不然換作是妳的話，妳會做出什麼決定？」亞澈昂首，眼神第一次在四王之界裡和由乃交流。

看著由乃的不語，亞澈心底漾起苦笑。

他太清楚了，他們都是同樣心軟的人……所以、所以他們都不可能捨下這一切，只能憤怒的替對方著急，雖然可笑但最多就只能這樣。

「什麼決定？是我的話根本不會做出任何決定！」由乃冷哼了一聲，雙目堅定不移的說下去：「這種從邏輯根本性就自相矛盾的問題，為什麼一定要有人犧牲？」

「妳說……什麼？」亞澈聽到的當下愣住了，因為太過困惑，一時之間竟反應不過來。

「我說——」由乃挺胸昂首站起身，她的正氣凜然讓亞澈完全看傻了眼，「這種不管選什麼都是悲劇的選擇，是我就直接把問題全選框起來丟到資源回收桶去！連作答的價值都沒有的爛題目，根本不需要賠上某人的一生！」

「……妳的意思是毀掉『王的誓典』？」亞澈整理了一下思緒後，只能得出這番結論，「但這樣魔界會——」

「會崩潰？」由乃搶斷了亞澈的話，她輕搖著頭，安靜片刻後才又開口：「我問你，如果亞里斯……不，五界之王在崩毀前提前一百年發現到這道陷阱題，他們如今還會淪落到這種地步嗎？」

亞澈愣然，他遲疑的搖頭否定。

如果五界之主早就發現「王的誓典」是維繫秩序的根基，他們一定可以在「王的誓典」持有人還健在的時候，一點一點的建構讓族群不依靠「王的誓典」的秩序，也許是依賴魔法，也許是仰賴律法……或者其他更多的選擇。

但問題就在於等到發現的時候，他們已經沒有做出其他選擇的餘裕了。各界都沒有下一任的持有人，所有人都是硬著頭皮不得不被這道惡質的陷阱題覆滅。

就連亞里斯也只是把作答時間延長了近乎無限，但誰都沒有辦法做出其他的選擇。而亞澈……也僅能延續前人的作答方式，期望這次能真正完成亞里斯的理想。

「大家都缺少時間對吧？就連現在只要你手一離開那塊石板，魔界就要開始動亂了對吧？」由乃怨懟的望著那灰撲撲的不起眼石板，就是這麼一塊丟在路邊都不會有人理會的石板，成為了所有人的夢魘。

「所以我們需要時間，這段時間我們要摧毀掉『王的誓典』，這段時間必須漫長到魔界可以建構出自己的秩序，這段時間就從現在開始！」由乃氣勢萬鈞的用拳打掌心，空氣中迴盪的響亮擊掌聲讓亞澈久久無法言語。

「可是……四王之界已經封閉了，短時間之內誰都無法打開它了。」亞澈的腦袋彷彿當機般的莫名跳出這疑問，宛若他已經決意跟隨由乃那盲目的信心。

「那是從外面！假如是裡面的話，就連未經任何法術科技催動的魔力……這種沒有殺傷力的能量都能灌爆它了，我有九成……不！十足的把握瞬間毀掉這座六界文化遺產！」由乃的雙眼閃動著危險的光芒。

「可是四王之界要是被破壞掉的話，後世——」亞澈動搖了，如果可以的話，他想要留下一個保險。

目前只有四王之界可以達到時間的凝滯，封印的能力反而不是最必要的，至少目前來到這裡的人都是自願被封印。

因此若真的毀掉四王之界，那萬一他們的計畫失敗，後世的人將又會身陷到和壽命競賽的苦果上，而這只因為他們的異想天開……這樣的嘗試會不會付出太大的代價了？

「沒有後世。」由乃咬牙說著，「『今日事，今日畢，不然你就斃！』這句話是我從林文那學習過來的，這一次我們就要讓後世高枕無憂！」

天啊……這樣可能讓罪業會的努力毀於一旦，可能讓亞里斯籌謀千年的計畫付諸流水，就連魔界等到他死去後也將步上其他四界的後塵……他應該要阻止的對吧！對吧？

但亞澈就是聽到自己那空啞的嗓音，吐露出連他自己都震驚不已的話語——

「我該怎麼幫妳？」

「一切就從爆破開始吧。」

由乃的手中不知何時抓著一顆籃球大小的金屬球，嘴角含著太耀眼、令人望而生懼的笑容。

亞澈看了眼那顆金屬球上面貼滿了各種危險警告標誌的貼紙，紅紅黃黃的好不繽紛，其中包含核子標識、生物危害等連他都沒看過的危險標語。

他到底踏上了怎樣的一艘賊船？他感到非常非常的恐懼和納悶。

※　　※◆※　　※

四王之森短暫的恢復了往昔的安寧，戰鬥隨著四王之界的再度封印而停歇。兩派人馬都是一臉狼狽，罪業會或多或少都受著輕重不一的傷勢，而另一邊異界生物卻出奇的沒有多少折損，只有疲憊不堪的夢魘和黃泉擺渡人累得需要旁人攙扶，其他異界生物幾乎安然無恙。

「回去吧，喚者，封印已成定局。」李末謁揮了揮手喝道，他身上的衣服裂了好大一條口子，但全身上下並沒有任何可見的血漬。

「吵死了，憲法賦予人民居住遷移自由，除非這森林是你買的，不然你管我愛在哪裡溜達！」林文嘴脣變色、氣喘如牛的搭在琳恩的肩上回應，身體因為魔力過低的衝擊而冰冷著。

「……」李末謁氣得猛揮手，四王之森當然不可能是他買下的，這座森林實際上的座標和六界交疊，是誰都無法染指的地帶。

「那你到底在這邊圖什麼？」李末謁雙眼微瞇成一條線。

「我們還能圖些什麼？當然是要幫六界收爛攤子，今年的十大傑出青年沒有讓我們選上，評審真是瞎了狗眼。」琳恩聳聳肩，她的衣著依舊光鮮亮麗，剛剛的混戰完全沒有傷到她一根汗毛。

「這不勞煩你們了，我們已經收好了。」李雲冷冷的說著。

他全身上下都纏滿繃帶，在剛剛那場戰鬥中，他幾乎把琳恩的殺招全都攔了下來，所以才讓罪業會的人沒有重傷命危。但即便是他，也沒辦法全身而退，身上的傷痕和包紮就是最好的證明。

「你們那個叫做收好？過了個百年千年，不就又回到原點了？充其量也就不過是把燙手山芋塞到冷凍庫去，等千年光陰一到的時候，冷凍庫再度崩碎，我跟你保證那山芋還熱得可以給你們當暖暖包。」琳恩皺著眉說道，她的話語讓不少罪業會的人心虛的垂下頭來。

「四王之界這次的運行會超過萬年的。」李末謁闔眼緩緩說。

「誰保證？你擔保嗎？恐龍都可以滅絕了，為什麼不會天外又掉一顆隕石下來把四王之界連同這片森林全毀掉？」林文插話了進來，他聳聳肩冷哼道。

聽著林文的話語，所有人都不滿的皺起眉頭。

這是詭辯，在場的所有人都深知這點，但卻沒有人可以反駁。只要機率不為零……那所有可能都有成真的可能，就例如這一次：亞澈是千年後的返祖現象。要就基因學來推算機率的話，算出來的數值一定讓人啼笑皆非，但問題就在於這件事真的發生了……亞澈的存在是貨真價實的鐵證。

「隨便你說！四王之界已經封閉，包含我們誰都無法打開了。」李末謁露出猙獰的笑容，食指指著四王之界所在的大理石殿，如今已黯淡無光。

「我們當然是打不開，但裡面就另當別論了。」

林文眼底暗光浮動，他手中的召喚書猛然自動翻到古老戰車書頁的那一張，只見以阿波羅的神徽為基底，串串太陽神的古文雕飾在其中。他望了眼書頁，咬著唇輕聲低語：「對不起了。」

語畢的瞬間，那一頁書頁就在眾目睽睽之下自燃起來，羊皮紙捲起化為焦炭，漆黑的紙張灰燼被山風捲起，消散在無形之間。林文只是旁觀著，完全沒有動手撲滅火勢的打算，況且這也不是他能夠撲滅的火焰。

「他們引爆了？」琳恩挑了挑眉問。

林文默默頷首。

一陣突來的地鳴讓所有人雙耳嗡嗡作響，但這並非從腳底下傳來，而是整座空間都正在晃動著，罪業會的人都面面相覷，而林文和李末諤等人早就意會到發生了什麼事。

空間在扭曲、歪斜、崩塌，就在大氣捲成渦流即將把萬物吞噬的瞬間，李雲和琳恩同時張開了結界，把那道旋渦籠罩住。

但空間後方所炸裂的光卻隱隱穿透結界出來，如此璀璨刺眼，彷彿後方是直通太陽的門徑，單單只是光就把兩人的結界弄出裂紋來。

林文的手伏在召喚書上，肌膚貼在滾燙著的書籍上頓時發出嘶嘶聲，燒焦的味道從他的手中傳了出來，周邊的異界生物無不慌張起來，但林文沒有抽手，只是苦笑的搖了搖頭。

「身為喚者……也許我不是傳說中的所羅門王那般強大的召喚師，但我的力量一定有它的意義，而那個意義現在我終於清楚了。」林文對著琳恩燦然一笑。

琳恩愣了愣，隨即嘆了口氣，她的手指在自己的胸部比劃著。

「又要換回那副洗衣板身材了嗎？」她惋惜的說著，但卻沒有任何退卻的把雙手搭在了林文的手掌上媚然一笑。

林文闔上雙眼，將全副心神灌注在話語之中，大氣隨著林文的話語振動，每一分的音色都在敲打著異界的門扉。

「以喚者之名祈願，遵循所羅門王潛規，吾必將隱伏於星爍之徑，昭昭顯於滔滔天際，此徑非六界之道，故無名，此物非六界之中，故無諱，零碎飄落於異界之魂，吾負於名，唯吾承諾故汝顯現。」唱誦間，林文吐了口鮮血出來。

林文手中整本召喚書滾燙到快要解體了，就連他那四分五裂的靈魂也快要崩潰，但林文只是抓著，死命的抓著手中的召喚書，「來吧！琳恩！觀測者之名非吾所能稱，故吾罪該萬死！」

天空裂了開來，僅僅只有那不到一人大小的間隙，小得讓人難以注意到……

一陣猛烈的衝擊貫穿了他的靈魂，讓林文幾乎失去神識。在恍惚間，他看到了黃泉擺渡人身形扭曲消失於眼前，夢魘的身軀化成了烽火竄入天際……

林文倒了下去，靠在了一個人的身上，那是以女性來說過分「單薄」的身軀，他無法動彈的將自己的臉深埋在其中。

「啊啊……這麼單薄還真是抱歉啊。」

那陌生的聲音，熟悉的口吻，讓林文吃力的張開雙眼。

那是一位留著黑色齊肩短髮的女性，胸前僅微微突起；身為觀測者，雙眼中蘊藏的知性表露無遺；回到原本身體裡來的琳恩存在感無比巨大，簡直要將周邊所有的一切都蓋過。

「看在你心裡話還有扯到知性這兩個字的分上，就先判你個緩刑吧。」

琳恩的手指戳了戳林文的前額，他全身的傷痛感轉瞬消失，雖然深沉的疲憊感依舊存在，但神色已經好轉許多了。

林文雙眼渙散的鬆了口氣，但危機還沒有度過，四周空間的崩潰已經無從避免了，琳恩與李雲在剛剛布下的結界早就被光球吞噬掉了。

只見耀眼的光和熾熱的火從破碎的虛空中噴湧而出，朝著四面八方噴射，看著來到眼前的火浪，林文的腳卻完全抬不起來閃避。

此時，一隻文弱的手就這樣攔住了火浪，琳恩的手指在空氣中撥了撥，所有的火焰頓時散落成漫天火花落地，猶如煙火炸開般絢爛奪目。

「啊啊啊啊啊啊啊！」

一男一女交疊的慘叫聲，從火海後方傳了出來。

眼看就要跌坐入火坑的時候，兩人就這樣被半空中攔截，輕巧的落了地。琳恩像是抓著兩隻小貓崽般，一手拎著一隻，神情好不愉悅。

由乃和亞澈的雙手還緊掩在臉上，完全不敢放下來，即便是被琳恩提著的現在，他們淒厲的慘叫依然沒有停止。

「停一下吧？我雙耳都快聾了。」

琳恩鬆了開手，讓兩人真的跌坐在地上，他們才驚慌的摸了摸自己手腳，確定四肢依然健在，才張開雙眼來。

「由乃！跟妳在一起我就算有幾百條命都不夠用的！」亞澈一回想起剛剛她手中的炸藥和阿波羅的戰車一同引爆的光景，就讓他的心臟又快要麻痺了。

「我怎麼知道阿波羅的戰車這麼不禁炸，一下就被衝擊波炸散了。」由乃扁了扁嘴。

「好了、好了。」琳恩一手一邊，摀住了兩人的嘴，眼神示意林文的方向，他們這才注意到林文的哀戚神情。

無論阿波羅的戰車是否有意識，那終究是林文簽訂契約的對象。雖然剛剛召喚書的封印頁自燃的時候，林文心底就有譜了，但實際上聽到被炸毀時，他的心底還是糾結了一瞬。

兩人就像是做錯事的孩子垂下了頭。

林文看著原本應該是歡喜的氣氛，卻因為自己而突然尷尬了起來，連忙搖了搖手緩和氣氛。他是清楚的，早在三天前計畫時，他就知道這個結果的，所以……這是可以預測的結果，而現在事情還沒有結束，真的要哀悼，還是等到所有的一切都結束後再哀悼吧。

「那就是『王的誓典』嗎？」林文側眼看著亞澈緊抓著的石板，神情複雜的嘆息，「真是百聞不如一見。」

亞澈點了點頭，將手中的石板晃了晃，點點螢光自石板上滑落。

和樂融融的氣氛從亞澈為中心散布了開來，但那並不包含罪業會……

「……亞澈！」李雲怒吼著，雙手用力握拳，鮮血自指縫間滴落，「所以這一切都是你為了毀掉四王之界而刻意為之的嗎？」

看著亞澈和由乃的登場，讓他很難不這麼想，這一切從一開始就只是個騙局，亞澈是故意順從，好方便讓林文等人把四王之界從內部破壞掉。

李雲的怒吼讓亞澈身子抖了一下，他臉白了幾分後開口：「毀掉四王之界對我來說沒有任何好處。」

亞澈搖了搖頭，他內疚的垂下眼，「我……只是終究想要去賭賭看，假如因為我的決定傷害到了你們，我很抱歉，這一切都非我所願。」

「所以你們的計畫是？」李末謁看著貨真價實存在於眼前的「王的誓典」，默然了許久才發言。

由乃正要回應的時候，林文一隻手伸出打住了她的發言。

「等一下，知道的話，你們會做出什麼決定？」林文站了出來擋在石板之前，中斷了李末謁的視線，「是阻止？還是幫助？」

「一切都視情況而定。」李末謁沉穩的說著。

兩人雙目直視彼此，無聲的交流在彼此間不斷進行。

「我很不想打斷兩位男士含情脈脈的對望，但林文……我們可能要加緊時間了，我的上司他們應該發現了。」琳恩敲了敲手腕上的錶，錶上的數字和款式都異於人間，就連見多識廣的林文也完全看不懂。

「我們要葬送『王的誓典』。」林文緩緩的一個字、一個字的說出口。

「用什麼方法？如果你們只是單純的破壞，那現在就可以開戰了。」李末謅眼底冷光一動，空氣彷彿瞬間低下了幾十度般刺骨。

「我們要將『王的誓典』封印到另一個世界內，在那個世界，時間的定義將會不同於六界……在那個世界之中，『王的誓典』將會自然的崩壞掉。」林文咬牙說下去：「這樣子我們就能爭取到即使不依賴『王的誓典』，依舊能讓魔界運行不墜的時間。」

看著罪業會顯然完全無法接受這種解釋方式，林文惱怒的正要繼續補充的時候，琳恩拉住了他的袖口，搖了搖頭，說：「沒有時間了，如果繼續解說的話，等到他們聽明白了，大概連實行的時間都沒有了。」

琳恩剛剛背脊突然一陣發抖，她嘖嘖有聲的看了眼灰藍的天空，思考道：也太快就發現了……看來自己走人之後，有人接替她負責列傳的撰寫工作。

不，說不定連本紀的人都始終關注著。琳恩一邊想，一邊看了亞澈一眼。

「那就不等了，開始吧！」

林文手一揮，將召喚書攤開來，偌大的召喚魔法陣就這樣在虛空中敞開，其擴張的幅度甚至遠勝過亞澈那一次消去眾人記憶的魔法陣，令人驚愕的大小橫跨南北極，天空成為了畫布，神秘的符文在星空之上閃爍……

「你……」琳恩光是看到這規模就怔了怔，雖然她知道林文的把戲，但是能夠把召喚陣的規模擴大到整個天際，他所付出的絕對超乎她所預期的。

「只有一次的機會不是嗎？我們誰都不想後悔。」林文手中的召喚書發出刺眼的白熾光輝，將他的神色掩蓋住。

「隨你任性吧。亞澈，跟我來。」琳恩招了招手，把亞澈叫了過來，她的雙手放到亞澈的頭上，「可能會有一點痛，但請忍住。」

亞澈點點頭，看著舉棋不定的罪業會，他和琳恩飛上了天際。

由乃看著高空的兩人，深吸了一口氣，將手腕上佩戴的傳呼器打了開來，這長達好幾個月的計畫，一切都是為了這一幕所準備的。

她在等著，等待著來自琳恩的暗示，這場奇蹟的起始點從來都不是她和林文，甚至連亞澈也不是。真要算起來的話……大概只有琳恩和這個世界，才是這場奇蹟的始端。

高空中的琳恩，陌生的撥弄著自己的手指。

太久了……幾十年沒有用過自己的身體。突然回歸是沒有讓她有什麼不適，但是假如要進行這麼精密的計畫，連天不怕地不怕的她都有點興奮緊張了起來。

「琳恩？」看著遲遲沒有舉動的琳恩，亞澈狐疑的看著她。

「耐心是種美德啊！雖然現在不流行就是了。」琳恩輕笑著。

她也在等，等待著天空那稍縱即逝的信息。如果可以，她想要把勝算最大化，就算為此必須賭上某些事物，她也在所不辭。

看著天空中閃電交織成網，密集的打落，某種巨大的通道口宛若被閃電劈開的同時，琳恩在泛出笑容的同時動了！

「吾以觀測者之名，洞悉魂華脈絡，切零割分，組砌合堆——」

她的雙眼從原先的棕黑轉瞬變成銀色的雙瞳，亞澈的靈魂模樣在她的眼內頓時一覽無遺。她看到各種七彩複雜的存在構成了靈魂，愛、恨、喜、怒等……包含記憶和更多不知所云的一切，組成了完整的靈魂。但這次，那些都不是重點，她所要找的只有那微乎其微，卻關係甚大的那抹靈魂碎片。

只見一抹黑紫色的靈魂碎片，隱約和亞澈手中的「王的誓典」發出了相同的律動：一、二……一、二……

琳恩調整著呼吸開口：「靈魂重構！」

那瞬間亞澈幾乎痛昏過去，承受彷彿全身被千刀萬剮的感觸，他的手差點就鬆開，險些讓「王的誓典」掉落。

沒有錯，所有構想的起點，都是以琳恩在十六年前幫林文靈魂重構作為基礎。那時她一時氣不過林文的死去，因而任意的把林文的靈魂重新構築起來，現在他們賭的就是這個——利用琳恩的能力來改寫靈魂！

只不過和當初重組構築的方式相反，這次他們要把亞澈靈魂中的特性剝除掉！

接著，將能和「王的誓典」共鳴的靈魂剝除，轉送進入由乃所打造的儀器中，製造出可以「繼承」王的誓典的虛構靈魂。而負責打通虛擬、現實這之間隔閡的人……責任就落在了林文肩上了。

「由乃！」

琳恩從高空喊叫，一抹實體化的靈魂碎片從高空墜了下去，那看起來像是流星還是星痕已經沒有人在乎了，由乃用盡全身的力氣接下，她的手顫抖著將那沒有實感的靈魂碎片敲入了自己上手腕的傳呼器，放聲大喊：「諾維！這是系統構築者命令！我命令你啟動研究中心的儀器，代號為『維繫者』！」

「遵從您的決定，由乃博士。」

諾維的聲音從手腕處響起，遠在島國另一側的魔工學中心自動運行了起來。

那粗陋得連外殼都沒有的儀器，開始泛起了運行的燈光，依循著網路直通到世界上所有的電腦內。各種色光，包含肉眼不可見的光譜，順著機器上的光矢，把靈魂碎片的組成結構全化成了0與1的代碼，構出了亞澈在資訊世界的替身。

「靈魂分析完成，代碼 0001。」

那臺機器是由乃一直以來研究靈魂與魔工學的結晶，如果魔力可以儲存到魔法工程學的儀器內的話，身為集大成的靈魂為什麼做不到？

這是從來沒有人做過的概念，也沒有人想要去嘗試的領域，而由乃卻突破了。因為……她知道只有這樣她才能夠拯救得了亞澈。

「林文，鑰匙已經在門上了！」由乃的聲音因為過於緊張而嘶啞喊著。

「我知道了。」林文深深的吐了口氣，心臟怦怦怦的跳動不已，整個身體都快要被心跳傳出的震動淹沒，他又想起了自己身為喚者的身分……

可以的，沒事的！如果他可以利用喚者之血召喚六界之外的琳恩，那他也一定可以開通那扇通往虛擬世界的門扉，關鍵只在於他所要付出的代價……

「再次以喚者之名祈願，遵循所羅門王潛規，吾必將隱伏於星爍之徑，昭昭顯於滔滔天際，此徑非六界之道，故無名，此物非六界之中，故無諱。」

林文呼吸一滯，看了一眼琳恩、由乃和亞澈，最後目光停駐在那因為亞澈失去天賦、黯然不再發出光彩的「王的誓典」。他發狠咬破了自己的拇指，鮮血滴落在召喚書上，讓天空的召喚陣光華更甚先前。

「來吧，未名的異界之門，存於人世的虛擬之中，以喚者之名命汝敞開門扉！」

天空忽地歪斜了！以魔法陣為中心，整片天空都再次擾動著，有某種和人間疊合的世界以扭曲的姿態彰顯出來，同一瞬間，人間的網路全部陷入停滯。

抓到了這一瞬間，魔工學中心的「維繫者」機器運轉聲轟轟不止，高溫讓諾維自動的把液態氮像免錢般的不停倒下降溫。

此時的亞澈宛若失去意識的彌留狀態。看著眼前的亞澈，琳恩緊咬住牙關。

「還沒完喔，『天賦』送進去了，接下來是造物主的遺產了。」琳恩對著腳下魔法陣消失的亞澈眨了眼，她的手正要接過石板的瞬間，雷聲大響起來。

異界的魔力順著雷霆所撕裂的天空竄下，數抹人影從天空的裂痕中跳下了。

「琳恩！住手！」

一道男子的聲音從高空落下，那三道人影都往琳恩的方向飛過去。

「觀測者不應該干擾六界！」

他們的怒吼所有在場的生命體都聽到了，和天空最為接近的琳恩當然不可能沒聽見，但她只是垂下了頭，開始將全副心力集中，在異界門扉開啟的瞬間，琳恩貪婪的把所有通道所帶來的魔力吞噬一空，高漲的魔力讓琳恩的眼眸彷彿是打磨過的鑽石般閃耀動人。

就在那三道人影要竄過去琳恩身邊的瞬間，一道人牆擋住了他們的去路，不留一絲縫隙，成群人海包圍住了那三個人。

「很抱歉，儀式已經開始了，我們不容許你們干擾。」李雲和罪業會的眾人拖著傷痕累累的身體擋在他們面前。

「讓開！」

那男子信手喚來了一道淨火，眼看就要砸落在眾人頭頂，一道夾雜寒霜的冰晶從底下噴湧而上，在千鈞一髮之際如光柱般刺向男子！

男子狼狽閃過，但法術的偷襲並沒有停止，不只如此，照亮大半天際的炙熱火焰夾雜雷霆朝那三人轟砸過去！

盤旋在天空的龍族，手中雷光不止，風中的龍吟聲悠遠虛渺，「難得所見略同，罪業會。」

各種異界使魔紛紛咆哮，包圍住那三人，不能飛天的就在地上醞釀著法術，準備好隨時攻擊。

「你們根本不是我們的對手！」男子猙獰的大吼，手中咒光閃動，威勢逼人。

「這總要拚拚看才知道吧。」李末謁冷冷的說著。

差不多是同時，所有罪業會成員都把自己胸前早已脆弱不堪的徽章捏碎，唱起整齊劃一的咒歌，那聲調有如合唱團班，又像聖詩班；他們的話語、帶著共同信念的聲調迴盪在天際間。

「吾身負罪，故吾無神所顧，吾身懷業，故吾無魔所近，唯罪與業永不凋散。」

眾人間黑色旋風一展，罪業會的每一個人都露出視死如歸的神情。

「他們——」亞澈咬了咬牙，沉痛的看著罪業會成員們。在罪業會裡待那麼久，亞澈聽過他們談論一些禁忌，那是燃燒靈魂的禁術，是他們沒有歸路的抉擇！

「所以我們不能辜負他們。」琳恩冷冷的說著。

她看向被人群包圍住的那三人，身體卻完全沒有放過任何從異界裂縫流入的魔力。說她狡猾也好，說她奸詐也罷，但她一直以來等的就是這一刻！

藉由她的世界通道打開，她可以一次性的補足大量的魔力，不然她沒有把握切碎這個世界造物主的遺產——王的誓典。

「吾以觀測者之名，洞悉魂華脈絡，切零割分，組砌合堆，靈魂重構！」

琳恩再次詠唱了咒歌，她的身軀隱隱發出光芒，魔力的質量龐大到顯現在眾人面前，她的咒歌撕裂了那流傳千百歲月的石板，將隱伏於其中，造物主的陷阱題抓了出來。

在咒歌唱完的瞬間，琳恩身形一頓，她的脣溢出混雜著黑色的深紅血水。

果然……雖然沒有輕視造物主，但反噬得如此厲害，遠勝過亞里斯血脈天賦的切割啊，這個身體還能支撐下去嗎？琳恩才想到這裡，又吐了口血水出來，她連眼角也流出了血。

「琳恩！」站在地上的林文張大著眼，他第一次看到琳恩如此衰弱的模樣，擔憂的雙眼緊緊盯著她。

「你這個笨蛋……在為我擔心前，先擔心你們自己吧。」琳恩氣若游絲的說著，手中那塊千古石板崩碎，存在於她手中的盛夏七彩的靈魂碎片，是她剛剛費盡心力才打破限制抓取到的。

她無力的鬆開了手，七彩的靈魂碎片從半空中掉落。

那三人當然沒有放過這一絲機會，三人甩開了罪業會和異界生物的法術，轉眼就要衝去攔截，去勢之猛就連李未謁也沒能攔得住。

眼看三人就要抓住那碎片的瞬間，一道劍罡和淨火從雲層後方衝擊了過來！天空中炸出了一抹煙硝，由白色淨火構成的馬匹，英姿煥發的擋在他們三人面前——曦發的鉑銀荊槍橫擺，在緊要關頭攔住了他們！

另一邊出現的，則是駕著紫青鋼劍的霧洹，她身旁的飛劍群滴水不漏的將那三人團團圍住。

「妳們怎麼會來……」看著曦發和霧洹的到來，林文瞪大雙眼不敢置信。

「夢魘在被遣返之際，留下了夢土的通道……那匹馬強行扭曲了我的夢境，看著這裡這麼熱鬧，我怎麼可能還睡得著。」曦發冷笑的說著。

「我恰好也在打盹，所以有接獲警訊。」霧洹嘴角勾了勾，感激的嘆道：「但夢魇已經無力到來這裡。」

「不要緊，我們兩個就能把牠的那一份彌補回來。」曦發手中鉑銀荊槍的槍頭燃起了無色火焰，周遭空氣在高溫下開始扭曲。

聽著曦發和霧洹的言語，林文的眼眶不禁濕了起來，天知道要一下穿過兩界打破曦發和霧洹的夢境有多麼的艱辛，但夢魇卻賭上最後一刻做到了……

「妳們——」

三人的怒吼聲被飛劍打斷了。

「多說無益。」霧洹的劍比聲音快，化成了一抹影子直接衝了出去。

滿天的劍影交織成網，一時之間觀測者三人竟無法通過。

同時間，七彩的靈魂碎片墜下——

在底下的由乃，看著那七彩隕落般的光輝，雙手高舉接過了絢爛的靈魂碎片。

和亞澈的靈魂碎片不同，「王的誓典」的靈魂碎片異常的重，且散發出寒冰的霜冷感，沉甸甸的讓她不敢輕忽，慎重的將碎片按在手腕的傳呼器上面。

「維繫者，全速掃描，第一時間將靈魂代碼解析完。」由乃低語著，她呼出的氣成了霧濛濛的白氣，她的全身開始發抖了起來。

「警告！由乃博士，生理狀態異常，建議關閉傳呼器。」諾維機械性的聲音平調的傳出。

「不要管，諾維，將我的生理監控關掉！」不過一句話的時間，由乃連嘴唇都開始泛紫了。

「危險！即將進入傳呼器緊急關閉程序！」諾維的人工智能系統，將系統的優先順序變更了，它本能的違抗了系統設計者的用意，畢竟對它來說，系統設計者的性命絕對為第一優先。

「諾維，算我拜託你……我不重要，我們不能在這裡失敗。」由乃冷到牙關都發顫起來，她從來沒有在諾維面前如此低聲下氣過，但現在不能關閉傳呼器，他們沒有再來一次的本錢了。一旦錯過這次……等待他們的就只剩悲劇了。

「系統優先層級……變更，遵從系統建立者意思。」諾維生硬的語調停頓了幾秒才發出聲音，它的人工智能系統硬生生的扭轉系統層級判定。

「靈魂代碼掃描完畢——即將傳入網路世界。」遠在魔工學研究中心的維繫者提醒聲傳出。

「林文！」渾身冷透的由乃，雙膝一軟的跪了下去。

「我知道了。」林文呢喃著，拿起了口袋裡的手機，撥電話給那等待已久的某人：「拜託你了。」

「早已恭候多時。」

人在遠處的威仲將手機掛掉，他看著空無一人的四周，罪業會全體早就出發到四王之森去了，他的所在之處連個把守的人都沒有留下。

看著喚者家族的肖相高掛在牆邊，威仲靜默的低下頭致歉。

這裡濕潤的空氣中瀰漫著濃厚的鐵鏽味，威仲走到了控制臺前把儀表上的按鈕壓下，眼前那高聳的鋼槽頓時發出詭異的紅光，其中的濃稠血液順著透明的管子開始律動著，和遠方那道咒文共鳴起來。

這時，林文的手滑過召喚書上的古文，深吸了口氣，開始吟咒：「以喚者之血，祭牲奉獻，趨魂之脈絡奔異世之扉，祭儀起！」

這是邪教典儀中常用的血祭，而林文他感受著身體內血液的騷動，身體彷彿在燃燒起來，點點紅暈紛飛到天際之上……

天空的魔法陣驟然被染上一股緋紅，位於罪業會地底下的喚者家族血槽發出詭異的猩紅咒光後轉瞬見底，紫紅色的雷霆帶著邪氣維繫起通往那名為網路的世界。

看著血庫在眼前一乾二淨，就連空氣中始終揮散不去的血腥味也消散無蹤，孤身一人的威仲倚著牆滑坐下來。少了這些血液，罪業會也實質上瀕臨解散了。

這些血液都是複製喚者家族的犧牲者而來的，用途當然是在沒有喚者存在時，也能確保神隱年的運行。雖然血液複製時容易有誤差，但對罪業會而言也夠了。

由乃的委託讓威仲妥協、背叛罪業會。他相信了林文他們的計畫，賭上了那稀薄的可能。

「一定要成功啊！」威仲看著天花板，雙手合十不斷的祈禱著。

看了眼天空原先聖白、如今緋紅的魔法陣緩慢的運轉著，是什麼時候，才會感受到分秒都緩慢得令人難以忍受？

林文仰望著天，看到琳恩搭肩撐著亞澈緩慢卻無法抑制的下降，但他只能待在陣眼中心，確保召喚陣的存在。

他著急的看向另一處，由乃早就倒在地上蜷縮成一團，她的髮絲之間泛出道道霜華冰晶。

林文咬緊牙關，他也看見了霧洹和曦發跟罪業會的人都被異世界來的觀測者打得傷痕累累。

為什麼……時間過得如此緩慢？

就在林文感覺到時間彷彿被某人掐停住的時候，他們聽見了來自由乃手腕上的傳呼器發出嗶的一聲，機械聲平鋪直述的告知眾人系統認定的事實。

「完成任務，維繫者任務終結，世界網路重新開通。」

他們都無可避免的流下了淚水，那是喜極而泣的眼淚。

只有他們四人聽得到的系統宣告聲，那意味著世界重新運轉的宣告聲，隨著聲音止息，劃破天際的召喚陣頓時消失，一切都埋葬於那虛擬的世界中……

The summon is the salvation of the world

尾聲 屬於亞澈的未來

春天的氣息才剛來到，枝枒上的綠意翠嫩但卻稀疏，濕漉漉的空氣讓人鼻子不禁癢了起來。

琳恩還沒推開門，裡頭的叫罵聲就已經傳出門外。

「我很不想有種族歧視，但你們魔族都是腦殘嗎？跟你們說了幾十遍了！『王的誓典』現在在網路世界裡面！你問我在哪個資料夾，我只能跟你說全部資料都是！」林文氣急敗壞的叫罵著，完全喪失了學者的風度。

「呃……所以現在亞澈皇必須雙手不離網路嗎？」面對人類科技，魔界來使完全是有聽沒有懂。

「聽好！我只再說一遍！最後一遍！」林文奮力拍擊大腿跳了起來，「我們把亞澈天賦的靈魂碎片切割下來丟網路裡去了！那『王的誓典』呢？當然也跟著丟進去了！所以現在誰都找不回它們了，它們散布在所有網路資訊中，不要問我怎麼辦到的，我只是負責開門的，切割的人是琳恩，而這個瘋狂的主意全都是某位人間天才想出來的！」

「可是網路世界……不是會什麼汰舊換新之類的？」魔界來使狐疑的詢問著。

「對！你終於說對一件事情了，我們計算過了，現存的網路資訊大概在兩百年間會『逐漸』消滅，所以你們魔族有兩百年的時間可以建構出自我的秩序。」林文看著被他的話語嚇呆的來使，輕輕的嘆了口氣。

「那人類的網路世界要是明天就全滅的話？」魔界來使驚恐的詢問。

「那麼恭喜你，明天就會是魔界的動亂日。在當初我們進行儀式的過程中，聽說魔界各地開始掀起叛亂？那大概就是那種程度的混亂乘上MAX。」林文露出微笑出來。

看著來使嚇到跳了起來，直接甩開門，頭也不回的直奔回魔界，林文原本要補上的下半句話完全來不及說出口。他搔了搔臉頰感嘆的說：「如果明天網路世界全滅，那人間大概也全滅了……真是的，最近的年輕人真是沒有耐心，耐心可是種美德啊！嘖嘖雖然現在不流行就是了。」

「你啊……怎麼有一種跟我學壞的感覺？」

女子從後方環抱住林文，傲人的酥胸就這樣頂著林文的後腦杓，讓林文嚇得起身轉頭。

「琳恩……拜託妳不要再對我用這個姿勢了，記憶中上一次妳這樣抱住我，我就——」林文的腦海中浮現了上一次的光景。

「就遇到了亞澈？怎樣？你對亞澈不滿？我可以幫你代為轉達喔。」琳恩壞笑壞笑的。

看著琳恩扭腰擺臀的模樣，林文沉默了數秒，那場被六界稱作「王誓封印戰」的混亂過去後，琳恩原本的身體就完完全全的報銷了，全身上下的所有臟器沒有一處完整，都爛得跟泥似的。

觀測者們看到這般光景也只能將琳恩的屍首帶回，算是回去給了個交代。

就在林文他們趴在地上痛哭失聲的時候，「琳恩」回來了，她的靈魂再度附身在那名惡魔女僕身上，慵懶的看著哭得泣不成聲的三人。

這讓他們所有人都愣上加愣，完全不知剛剛噴出的淚水應該怎麼辦。

「喂！回神、回神！怎麼？我都不知道你原來這麼喜歡長輩？」琳恩打斷了林文的回想，語氣曖昧的說著。

「長輩？」林文蹙眉，完全聽不懂。

「就是這個啊。」琳恩擺顯著自己的胸部，一副得意的姿態。

順著琳恩的目光，林文盯著那傲人的雙峰，他心領神會的瞬間翻起白眼，沒好氣的碎唸著：「長輩……哦？是指奶奶啊，這是什麼跨時代新用法嗎？話說回來……琳恩我終於了解妳為什麼當初會挑這個軀體了，畢竟妳原身的胸——」

沖天的殺氣瞬間淹沒了整座研究室，琳恩笑容可掬的舉起了拳頭，每一個字都鏗鏘有力的吼出來——

「你・剛・說・了・什・麼？尊・貴・的・林・文・先・生。」

……我死定了——林文的心中只能跳出這四個字。

接下來發生的事，比起王誓封印戰的慘烈程度，絕對是有過之而無不及。

※　※◆※　※

人來人往的市區之中，一個少年拎著兩份便當，輕手輕腳的踏上了秘警署前那長長的階梯。

看著各界的異界生物被吼得不成人形，他再次體會到了人類的強悍。

但只能說一物降一物，萬物自有天敵。

就好比現在……某位少女坐在椅子上，對著好幾位比她還要人高馬大的警察怒聲喝斥。

「老師在說，你們有沒有在聽？沒有啊！跟你們說魔導槍不是這樣用！不是這樣用！都已經說了N次了！你們到底有沒有理會過老娘啊？沒有的話就不要找我來維修啊！」

由乃氣急敗壞的怒罵著，桌子上的魔導槍一排排擺開，彼此間狀況只有更淒慘，沒有最淒慘。

被罵到臭頭的警察們，瞄到了少年的頭，喜出望外的驚呼出聲。

「亞澈來了！怎麼不過來打聲招呼？」

看著警察們過分欣喜的笑容，讓亞澈渾身都顫抖起來。

餘怒未消的由乃不滿的撇過了頭，看著她那低沉的雙眉，亞澈只能乾笑的舉起了手中的便當，「呵呵……吃飯嗎？」

「吃啊，當然吃。」由乃揮了揮手，所有的警察如釋重負的奪門而出。

「他們真的是……自從罪業會把應對各界的教戰策略給了秘警署之後，他們就變本加厲的操著老娘的魔導槍。」

忿忿的扒了兩口飯，由乃彷彿把怒火全數轉移到咀嚼上，光是牙關咬合的聲響，就讓亞澈吞了吞口水。

「大家嘴上不說，實際上都是很感謝妳的。」亞澈試圖打圓場，和緩和緩由乃的怒火。

「不說那個，你的身體檢查報告怎樣？」由乃吐了吐舌頭，轉移了話題。

「我？妳看看啊。」亞澈從口袋裡將摺疊好的檢查報告書抽了出來。

看著亞澈的各項數值，由乃手中的筷子不禁滑落。

「這些數值……你根本已經是人類了啊！」由乃大驚失色擱下手上的便當。

「我也是這麼覺得……」亞澈抓了抓頭皮。王誓封印戰之後，他完全喪失了各種能力，就連言靈能力也失去了。

沒有鹿角、羽翼，就連腳底下的魔法陣也消失，這樣還能稱自己是魔族嗎？亞澈只能苦笑。

「所以……你有什麼打算嗎？」由乃不安的詢問。

「先去玩一趟吧！聽說霧洹邀請我們去仙界觀光不是嗎？」亞澈將傳呼器上的電子信件點擊了開來，信中霧洹害羞的邀約付諸在文字之中。

「是喔，那——」

兩人一邊嘻笑打鬧著，一邊聊著有關於未來的光景。

其他警察早就識趣的在門外掛上了「會議中」的標識，只有兩個人的空間中誰也沒去打擾他們，充其量就是諾維那超級電腦的人工智慧電源燈一閃一滅，和網路世界不停的交流著資訊。

《召喚師物語．亞澈篇03召喚是世界的救贖》完

《召喚師物語．亞澈篇》全文完

後記

哈囉，如果有人能看到這一頁，那我真的非常非常感動，不論是半途入坑還是始終在坑的讀者，當你們看到這一頁的時候就代表……坑被填完了。不要緊張、不要訝異，雖然說我可能比你們更訝異就是了！寫過很多作品，但這一系列是我第一次將腦海中的結局，真實的寫出而且也出書了！

在這邊我要認真的感謝出版社和編輯等等，當然讀者們的支持也讓我很感動，也許有人會想說那其他人的故事呢？例如夢魔，又或著黃泉擺渡人之類的，我只能說不要問……很可怕。

呵呵，沒有的啦，一切都只是鳥巢自己在瞎說，能夠著墨的地方實在太多了，但受限於我個人的功力和等等因素，只能說好的構思也是需要優質的作家才能生產順利，至於我？我大概是那種下半場後繼無力的類型吧？

自己的文筆沒有辦法承擔出自己的想像框架，是我接下來要克服的地方，如果可以的話，希望我們能夠在別本書還能繼續見面。畢竟……我還是很喜歡寫小說，寫一些歡樂有笑有淚的故事，讓觀看的人也能享受到我所想像的世界，這是我一直很喜歡寫故事的原因，希望接下來的人也能夠繼續喜歡閱讀這些故事，無論那是不是我的作品。

最後的最後，喚者要步上幸福快樂的日子了，我想不論接下來還有多少詭異的麻煩，他們也絕對沒有問題的！那……下次再見！

鳥巢　二〇一五年六月

召喚師物語

01
召喚師物語

02
召喚師物語

03
召喚師物語

飛小說系列 135

召喚師物語・亞澈篇 03（完）

召喚是世界的救贖

出版者■典藏閣

作　者■鳥巢　　繪　者■RURU

總編輯■歐綾纖

製作團隊■不思議工作室

郵撥帳號■50017206 采舍國際有限公司（郵撥購買，請另付一成郵資）

台灣出版中心■新北市中和區中山路 2 段 366 巷 10 號 10 樓

電　話■(02) 2248-7896　傳　真■(02) 2248-7758

物流中心■新北市中和區中山路 2 段 366 巷 10 號 3 樓

電　話■(02) 8245-8786　傳　真■(02) 8245-8718

ISBN■978-986-271-617-5

出版日期■2015 年 7 月

全球華文國際市場總代理／采舍國際

地　址■新北市中和區中山路 2 段 366 巷 10 號 3 樓

電　話■(02) 8245-8786　傳　真■(02) 8245-8718

新絲路網路書店

地　址■新北市中和區中山路 2 段 366 巷 10 號 10 樓

網　址■www. silkbook. com

電　話■(02) 8245-9896

傳　真■(02) 8245-8819

線上總代理：全球華文聯合出版平台

主題討論區：http://www.silkbook.com/bookclub　◎新絲路讀書會

紙本書平台：http://www.silkbook.com　◎新絲路網路書店

瀏覽電子書：http://www.book4u.com.tw　◎華文電子書中心

電子書下載：http://www.book4u.com.tw　◎電子書中心（Acrobat Reader）

印刷品

$3.5
請貼
3.5元
郵票

235 新北市中和區中山路二段366巷10號10樓

華文網出版集團　收

（典藏閣－不思議工作室）

召喚師物語

亞澈篇

NOVEL 鳥巢
ILLUST RURU

03 END 召喚是世界的救贖

☞您在什麼地方購買本書？☜

1. 便利商店（______市／縣）：☐7-11　☐全家　☐萊爾富　☐其他____________

2. 網路書店：☐新絲路　☐博客來　☐金石堂　☐其他________

3. 書店（______市／縣）：☐金石堂　☐蛙蛙書店　☐安利美特animate　☐其他____

姓名：________地址：____

聯絡電話：________電子郵箱：________________________________

您的性別：☐男　☐女　　　您的生日：________年________月________日

（請務必填妥基本資料，以利贈品寄送）

您的職業：☐上班族　☐學生　☐服務業　☐軍警公教　☐資訊業　☐娛樂相關產業

☐自由業　☐其他__________

您的學歷：☐高中（含高中以下）　☐專科、大學　☐研究所以上

☞購買前☜

您從何處得知本書：☐逛書店　☐網路廣告（網站：___________）　☐親友介紹

（可複選）　☐出版書訊　☐銷售人員推薦　☐其他________________

本書吸引您的原因：☐書名很好　☐封面精美　☐書腰文字　☐封底文字　☐欣賞作家

（可複選）　☐喜歡畫家　☐價格合理　☐題材有趣　☐廣告印象深刻

☐其他________________

☞購買後☜

您滿意的部份：☐書名　☐封面　☐故事內容　☐版面編排　☐價格　☐贈品

（可複選）　☐其他

不滿意的部份：☐書名　☐封面　☐故事內容　☐版面編排　☐價格　☐贈品

（可複選）　☐其他

您對本書以及典藏閣的建議____

____

____

✌未來您是否願意收到相關書訊？☐是　☐否

✍感謝您寶貴的意見✍